L'ENFANT LOUP

HD ateliers henry dougier © 2020
7, rue du Pré aux Clercs – 75007 Paris

Création de la collection : Henry Dougier
Directrice du développement : Julie Rovero
Secrétariat général : Clémence Commelein
Correction : Karine Nedjari
Réalisation de la maquette : Nord Compo
Conception visuelle de couverture : Fabrice Rondon

Dépôt légal : septembre 2020
ISBN : 979-10-312-0191-7
ISSN : 2554-4780

Imprimé et broché en France par l'imprimerie Corlet

L'ENFANT LOUP

Jean-Frédéric Vernier

ateliers henry dougier

Créée en 2014, la maison d'édition **les ateliers henry dougier** souhaite « raconter » la société contemporaine dans le monde, en donnant la parole aujourd'hui à des témoins souvent invisibles et inaudibles : peuples, régions, métiers, catégories sociales ou générationnelles parlent ici de leurs valeurs, de leur mémoire, de leur imaginaire, de leur créativité.

Notre objectif : briser les murs et les clichés.

Chaque titre de cette collection est également disponible en **e-book**.

2006

J'aime Claire d'un amour indescriptible.

***

Et Rachel ?

***

Depuis la naissance de Claire, notre fille, je l'aime essentiellement pour sa qualité de mère.

Je donnerais ma vie pour elles.

***

Jamais je ne crie, jamais je ne m'agace auprès de mes deux merveilles. Je les entoure d'une tendresse inquiète et silencieuse. Je ne peux faire mieux. C'est en vérité beaucoup. Surtout pour moi.

Je me demande comment leur cacher la vérité.

Dimanche dernier, j'ai vu son visage à la télévision.

Dans la foulée, j'ai acheté les journaux. J'ai lu vingt fois le même article à son propos. J'ai surfé sur le Net, et le vertige m'a pris. Des milliers de pages le vouaient aux gémonies. D'autres louaient sa grandeur.

Dès qu'il s'agit de Boris, les gens perdent le sens commun.

Quarante ans plus tard, sans l'ombre d'un doute, je l'ai reconnu. Ces sourcils broussailleux, cette maigreur de bête esseulée ne m'ont pas trompé.

Ils disent qu'il a tué plus de trois cents personnes, femmes, hommes confondus. Ils disent que son russe est rudimentaire, à l'inverse de son français, raffiné. Ils disent qu'il s'en est donné à cœur joie depuis la chute du communisme.

Il aurait voyagé à l'Est, chassant tel un loup féroce, pire qu'un monstre issu de l'Ancien Testament.

Boris a survécu dans le froid le plus extrême. Par moins quarante, aux alentours de Norilsk, où six cadavres, la nuque brisée, les chairs déchiquetées, ont témoigné de son passage.

En Pologne, en Ukraine, au fin fond de l'Oural, Boris a semé les victimes comme le Petit Poucet les cailloux.

Ils l'appellent « Chose » ou « Loup blanc ».

L'effroi, chez eux, se pare de fascination.

Je ne suis plus fasciné. Les meurtriers m'écœurent. Mais j'ai de l'affection pour lui, je n'y peux rien. Ma fille, Claire, et ma femme, Rachel, ignorent ce que je lui dois.

Je l'ai connu enfant. C'était une bête sauvage, aux mots de miel, aux gestes brusques. Un être sans famille. Un grand loup blanc.

Je suis père, à présent.

Rachel m'a dit ces mots, l'autre jour : « Adrien, tu es un bon père ».

Je n'ai pas tressailli. Je n'ai pas versé de pleurs, malgré l'émotion qui me ravageait. Non. J'ai caressé la joue de Rachel, tout près de sa fossette, et lui ai murmuré : « Merci, mon amour ».

1966

Nous avons pris le train, puis un car, puis une micheline. Des heures durant, nous avons marché. Dans le givre et la clarté du matin. Dans les bocages du Bourbonnais. Quelque part entre Chappes et Le Montet. Malgré mon anorak fourré, le vent fouettait mes épaules. Les sangles de mon cartable marquaient ma peau comme un fer brûlant. J'étais petit pour mon âge. Maman, une besace en bandoulière, un sac énorme sur le dos, me tenait de sa main libre. La chaleur circulait entre nous. Je me taisais.

« Tu ne dis rien, Souriceau ?

— J'ai froid !

— Ne sois pas grognon, s'il te plaît.

— J'ai faim !

— Bientôt, nous mangerons. De la brioche aux pralines.

— Je déteste les pralines !

— Tête de pioche, va ! Souriceau d'amour !

Elle ébouriffa mes cheveux, ma folle tignasse, disait papa.

— J'ai mal aux pieds, maman !

— Je sais. Moi aussi. »

J'avais envie de pleurer. Les vallons figés, les chênes dénudés, la transparence du givre, cette nature hostile et cependant magique m'envoûtaient malgré moi. C'était comme si je glissais dans un rêve, comme si je foulais du pied un océan de glace. Plusieurs fois, j'ai dû serrer fort la main de maman pour ne pas chuter. Plusieurs fois, j'ai cru que maman priait à voix haute. À tort. C'était le souffle du vent qui jouait à nous enserrer.

« Maman !

— Oui ?

— Je ne sens plus mon oreille gauche. »

Elle fit surgir du coton de sa besace. Elle en façonna deux boules qu'elle tassa tendrement dans mes oreilles. Elle frictionna mes lobes, et me jura que nous étions presque arrivés. D'abord, la peau me brûla, puis une vague, douce et tiède, enveloppa mes oreilles. C'était délicieux. Le son du vent, que filtrait le coton, se mit à grésiller dans ma tête.

Nous reprîmes notre marche.

« Pense à Hannibal, me dit maman. Pense à sa traversée des Alpes, avec son armée ! »

Les exploits du guerrier, les éléphants, les Alpes, tout ça m'avait transporté, jadis. Mais aujourd'hui, du haut de mes neuf ans, je préférais le Tour de France.

« Hannibal m'ennuie, maman. Je ne suis plus un petit !

Elle éclata de rire. Je fronçai les sourcils.

— Quoi, maman ? J'ai bien le droit d'aimer Poulidor !

— Bien sûr, mon chéri. C'est juste que… tu es impayable, et je t'adore ! »

Vexé comme un pou, je bougonnai. Bientôt, je n'entendis plus rien du monde, hormis les battements de mon cœur.

Maman se mit à chanter. Je feignis l'indifférence. Le coton embrumait sa voix. La pression de ses doigts, soudain, faiblit contre les miens. Son regard devint triste et comme illuminé. Je sus qu'elle fredonnait la chanson de *L'Homme en croix*. La chanson la plus sinistre du monde.

***

Un petit rien dans l'air, un léger froissement…
Qui vient me dire : je t'aime !
Qui sera mon amant ?

Le vent dans mes cheveux, le rose des joues blêmes,
Je l'attends, je le veux,
Je devine ses yeux…

Ses larmes de sang vif, ses épines rougies,
Le plissé de la peau,
Le soyeux des sourcils…

Tout de lui me réjouit, sa mort le rend si beau !
Mon petit homme en croix,
Ma tristesse des bois…

***

Madame Clisson nous a proposé de nous asseoir. La pièce était sale et sentait le vomi. Le poêle en fonte vrombissait comme une vieille 2CV. Mais il faisait bon. La chaleur engourdissait le bout de mes doigts. J'avais l'impression, bien qu'éveillé, de sombrer dans une sorte de coma. C'était doux et terrible à la fois.

« Brave petit gosse ? interrogea la vieille.

— Oui, vous pouvez le dire. Un ange tombé du ciel !

— Futé ?

— D'une intelligence rare, en vérité. C'en est même inquiétant.

Je rougis de plaisir.

— Un peu trop joli, non ? lança madame Clisson.

— Vous trouvez ? fit maman sans prendre ma défense.

— Ici, reprit la vieille, joliesse et vigueur font mauvais ménage. Mais bon, pour ce que j'en dis ! A-t-il un prénom, ce charmant bibelot ?

— Adrien, répondit maman, tout sourire.

Un début de colère sourdait en elle. Je le devinai à son excès d'amabilité. La mère Clisson commençait à lui déplaire.

Adrien, dit la vieille, quelle idée loufoque ! Même pour un veau, ça sonnerait faux ! »

Elle me tendit une part de pompe aux grattons, sorte de brioche à moitié rassise et tachée de graisse.

— Non merci, madame, dis-je avec dégoût.

— Ben ça ! glapit-elle.

— Chacun ses goûts, fit maman, glaciale.

— À vrai dire, chacun sa merde ! rétorqua la mère Clisson.

Maman s'empêcha de parler, moi d'éclater de rire. Alors, les grossièretés m'amusaient. L'air vicieux, la vieillarde posa une main sur ma tête, et, en guise de caresse, frotta fort.

— Ouille ! criai-je en me dégageant, prêt à rendre coup pour coup.

— Ben ça, mon joli, quelle fine équipe avec ta mère ! Vous vous êtes trouvés, tous les deux !

Maman se leva, me prit sous son aile, et lança :

— Donnez-moi les clés, madame ! Vous ne m'impressionnez pas, sachez-le. D'un trait de plume, je peux vous faire expulser. Votre ferme, les champs, tout ici m'appartient de droit.

Fou de fierté, je serrai fort la main de maman.

La vieille rumina dix secondes et murmura :

— Vous n'avez pas beaucoup d'humour, ma petite dame.

— En effet.

La vieille ouvrit un tiroir du buffet, d'où elle sortit un trousseau de clés.

— Tenez », dit-elle à ma mère.

Maman les saisit, reprit le sac à dos, la besace, moi mon cartable, et, sans un mot, nous avons quitté la masure de madame Clisson.

***

Las, nous avons marché. Le vent, de face, pliait en deux maman. Je sentais, derrière nous, le regard assassin de la mère Clisson. J'aurais juré qu'elle nous narguait, droite comme un I, depuis le tas de fumier qui ornait sa cour. Sans doute, en silence, nous jetait-elle un sort, tout en se gavant de pompe aux grattons… Je n'osai me retourner. J'avais trop peur de la découvrir, en majesté, les pieds au-dessus du sol, prête à enfourcher son balai magique.

« Maman ? dis-je.

— Adrien ?

— C'est une sorcière, madame Clisson ?

— Non, mon chéri. Juste une vieille femme aigrie. »

À l'orée d'un bois, cinq cents mètres devant nous, se dressait une maison. Vaisseau fantôme entouré de givre.

« Enfin ! » murmura maman.

Je pris mon courage à deux mains : lentement, tel un danseur, j'ai tourné mon visage en direction de la masure de madame Clisson. Mon cœur battait la chamade. Je craignais que les cieux, dans l'instant, ne m'engloutissent.

« Seigneur, ayez pitié de moi ! » dis-je en moi-même.

D'abord, je ne vis rien, sinon la grisaille de murs sales et fendillés. Rien sinon l'ombre d'un grand dénuement. Puis, j'eus l'impression qu'une espèce de loutre glissait dans la courette. Une loutre vêtue de noir, comme la vieillarde. Et je compris la scène. Madame Clisson, munie d'une bassine, renversait un liquide, jaunâtre, à l'endroit même où nous avions marché, maman et moi. La sorcière effaçait les traces de notre passage. Avec de l'urine ?

Sentant mon regard lointain, la vieille se redressa pour m'observer. Son nez camus, sa bouche édentée, ses petits yeux de fouine, les traits renfrognés de sa face, tout se mêlait en une bouillie couleur de lie. J'eus peur mais tâchai de n'en rien montrer.

Puis, miracle ou calamité, madame Clisson me fit un léger signe de la main, et tenta une esquisse de sourire.

Je me mis à trembler des pieds à la tête. La sorcière, d'un geste, venait de sceller mon destin. Je le savais au fond de moi.

Ce que j'ignorais, c'était la nature du sort qu'elle m'avait jeté.

Il gelait à pierre fendre à l'intérieur de la maison. Mais l'électricité fonctionnait. Les meubles, rustiques, étaient vieux et beaux. Les murs, pierre et brique mêlées, semblaient sains. Des tapis persans jonchaient le sol, y compris dans la cuisine. Des rideaux parme, en velours capitonné, pendaient aux fenêtres. Une montagne de bûches gisait dans un couloir.

« J'avais oublié, mais… ce n'est pas si mal, en fait. Qu'en dis-tu, Souriceau ?

— Hum hum…

— Ne fais pas ta mauvaise tête. Ça te plaît, je le sens !

— Je préférais la maison de Lille.

— Je sais.

— J'aimais mieux avec papa.

— Moi aussi.

Maman faillit alors pleurer. Tant mieux. Je n'avais fait qu'énoncer la vérité. Je ne mentais pas, contrairement à elle, qui mimait le bonheur pour me rendre le sourire.

— Bon, reprit-elle, faisons un feu ! »

Durant plus d'une heure, nos efforts conjugués pour allumer la cheminée nous occupèrent. Face au succès de l'entreprise, un fou rire nous prit, qui finit en crise de larmes, comme souvent. Maman me serra fort dans ses bras, si fort que je crus m'évanouir. Dans la noyade, j'étais son seul secours. Mes larmes séchèrent avant les siennes.

« Je n'ai plus que toi au monde, murmura-t-elle à mon oreille. Tu lui ressembles tant !

— Scrogneugneu ! » dis-je pour la dérider.

Elle pleura de plus belle.

Plus tard, un semblant de tiédeur envahit la maison. Nous décidâmes de dormir ensemble, afin de nous tenir chaud. Demain, nous irions à Saint-Sornin, commanderions du charbon, ferions des courses, et tâcherions de trouver quelqu'un pour mettre en route la chaudière.

Pour l'instant, nous inspections la maison.

C'était un bâtiment charmant, ni vaste ni petit, plein de recoins et de moulures dorées. Quelque chose entre la fermette et la maison de maître. Un lieu plutôt cosy, des plus inattendus, perdu en pleine nature.

Au-dessus de la porte d'entrée, gravés dans la pierre, on pouvait lire ces mots : « Demeure bénite. 1753. »

Maman me dit que chacune des pierres, des briques, des solives, avait été trempée dans l'eau bénite, sur ordre d'un aïeul de papa, celui-là même qui avait bâti ces murs. Alors, les loups infestaient le Bourbonnais, tuant veaux, brebis, volailles, et bergères. Une « demeure bénite » éloignait toute violence, à l'intérieur comme alentour.

« Il y a des loups dehors ? demandai-je.

— Mais non, mon gros bêta ! Plus depuis longtemps. »

Elle n'en savait rien. La désinvolture de sa réponse en était la preuve. Elle se fichait des loups comme de l'an quarante.

Elle avait tort.

***

Avant notre arrivée, la mère Clisson avait posé, sur la table de la cuisine, du pain, du beurre, un morceau de cantal, des tranches de jambon de pays, huit oranges, un pot de miel, et un broc plein de lait.

« C'est gentil de sa part, dis-je, en vue de me rassurer.

— Tu sais, je l'ai payée. Mais elle aurait pu s'abstenir. Alors oui, c'est plutôt gentil.

Nous avons posé les victuailles sur un plateau, puis sommes allés dans le salon, près de la cheminée.

— D'abord la prière, fit maman.

— Non, je t'en prie ! »

Depuis un an, maman priait à tout bout de champ, et tentait de m'entraîner dans son addiction.

« Juste une petite prière, Adrien ! Une minuscule de rien du tout ?

— Non.

— Souriceau d'amour ?

— Maman !

— Plus légère que le souffle d'une fourmi ?

— D'accord, mais vite. »

Elle m'enlaça, couvrit mon front de baisers, puis s'agenouilla, touchante, insupportable, devant le plateau de nourriture. Elle ferma les paupières, baissa la tête, et joignit les mains contre son cœur, novice en état de béatitude. Elle ressemblait à une adolescente.

« Dieu tout-puissant, murmura-t-elle, je ne sais rien de toi sinon ce qu'en ont dit les fous, les mendiants et les filles mères. Tu n'existes pas mais peu m'importe, à vrai dire, puisqu'il pensait que toi, Père, Fils et Saint-Esprit, tu m'estimais depuis le trône où tu commandes à la destinée des hommes. Il jurait que tu pouvais nous écraser, d'un geste de colère, comme on écrase une mouche. Il jurait que ta force était mille fois plus grande que celle d'un ouragan, mille fois plus dévastatrice que l'éruption d'un volcan. Je dois faire vite car mon enfant meurt de faim, Dieu tout-puissant ! Tu as créé le jour, la nuit, l'amour, le sommeil, l'arrogance et la faim. Tu nous as créés à ton image, pour le meilleur et pour le pire. Tu n'es qu'une illusion, mais j'aimais Guillaume et le cherche aujourd'hui à travers toi. C'est ainsi, je n'y peux rien. Je te hais, Dieu de bonté, d'horreur et de miséricorde ! Malgré tout je t'implore, car lui, le père de mon fils unique, te chérissait bien plus qu'il n'aurait dû. Je t'implore à présent de bénir ce repas, même si je souhaite, de toutes les fibres de mon être, que tu meures sur pied, comme un chêne dévoré par la maladie, comme un petit enfant rongé par la lèpre. Je voudrais que tu crèves et crever à tes côtés. Dans l'attente, bénis donc ce repas. Merci d'avance et amen ! »

Nous mangeâmes dans le silence.

***

Avant que la nuit tombe, je suis ressorti car j'étouffais à petit feu. La bonne humeur de maman s'était évanouie pendant le repas. Depuis, elle briquait, rangeait, lessivait, relançait le feu, et pestait contre la crasse ambiante, alors que l'ordre et la propreté régnaient de façon terrifiante.

À l'infini, les champs verglacés me tendaient les bras. On eût dit un lit de gypse, à peine troublé par les merles, et d'où pouvait surgir, à tout instant, le fantôme d'un père. C'était d'une beauté sans nom.

La demeure, blottie dans le creux d'un bois, nimbée de branches, immenses, dénudées, ressemblait à la maison d'*Hansel et Gretel.*

J'eus soudain l'impression de vivre dans un rêve. Celui de ma mère ou le mien ? Comment savoir ?

Dieu merci, mon aïeul avait agi avec sagesse. Une demeure bénite éloignait toute violence, à l'intérieur comme alentour.

***

Nous nous sommes couchés dans le vaste lit de la chambre aux aigles. Deux petits rapaces, en bronze, trônaient sur la commode. Ils s'observaient avec malice. Maman, deux heures plus tôt, les avait baptisés Zig et Puce. Moi, j'avais caressé leur tête, deux boules transies de froid, presque aussi gelées que les joues de grand-mère Lynn, dans son cercueil, deux ans plus tôt.

Nous avons gardé les portes ouvertes, celle de la chambre et celle du couloir, afin de ressentir la chaleur du feu. Les draps blancs, les couvertures blanches, sentaient l'eau de Cologne et le renfermé. Ce n'était pas désagréable.

« Adrien ?

— Oui, maman ?

— Tu dors ?

— À ton avis ?

— Non.

— Bingo !

— Je… nous serons heureux, tu verras !

— Hum hum…

— Tu ne me crois pas ?

— Si si, maman…

— Bien, Souriceau. »

Dans le noir, la voix de maman se métamorphosait. Elle perdait un peu de clarté, de douceur enfantine, au profit de sons rauques, embrumés, qui m'angoissaient. Non, je ne dis pas la vérité. Sa voix nocturne m'angoissait mais aussi me troublait, car elle semblait naître d'un lieu mystérieux. C'était cette voix-ci qui avait hypnotisé papa, cette voix particulière qui m'avait exclu, le soir venu, de leur vie commune. Cette voix m'intriguait tout en me révoltant.

Je décidai de tourner le dos à ma mère.

« Adrien ?

— Oui, maman ?

— Tu dors ?

— Oui, je dors. »

***

En vérité, j'attendais qu'elle s'endorme pour enfin dormir. C'était ma façon de la protéger, de veiller sur elle. Je vérifiais qu'elle respirait encore, que la mort, auprès d'elle, n'avait pas remplacé le sommeil. Je plaçais une main juste au-dessus de son visage, et je tâchais, comme une supplique, de sentir les lignes de ses paupières, de ses lèvres, l'arête de son nez recourbé, l'ovale de son front, la rondeur de ses deux joues. Peut-être, dans la nuit, dans l'abandon du sommeil, redevenait-elle une enfant ? Peut-être oubliait-elle alors tout ce qui me blessait en elle, tout ce qui me rendait à fleur de peau ?

« Pourquoi, maman, disais-je en moi-même, pourquoi ces prières immondes ? Pourquoi vouloir tuer Dieu, s'il n'existe pas ? Pourquoi vouloir crever avec lui ? »

***

Naturellement, je n'osai me poser la seule question qui valait.

« M'aimes-tu assez, maman, pour choisir de vivre au lieu de mourir ? »

Le lendemain matin, j'ignorais où j'étais. J'eus même l'impression que papa chantonnait, caché derrière la porte de la chambre. Puis, je bâillai, frottai mes yeux, pinçai fort ma nuque. Tout me revint à l'esprit, madame Clisson, la maison, le givre…

Les morts, hélas, n'ont plus la faculté de chanter.
Car, évidemment, papa était mort.

J'avais enterré, tout au fond de moi, cette vérité. Je l'avais enterrée non pour l'oublier mais pour ne pas être tenté de la divulguer.

Durant de longs mois, la famille, les amis, les collègues de papa s'étaient bercés d'illusions.

« Il a disparu sur un coup de tête. Il reviendra ! »
« Il s'est rendu ailleurs, à Saint-Jacques-de-Compostelle, va savoir ! »
« Il a découvert une conspiration. Il enquête en secret. »
« Il nous prépare la plus belle des surprises ! »
« Il compose un oratorio dans la montagne ! »
« Il est parti sauver la veuve et l'orphelin ! »
« Il souffre d'une maladie grave. On le soigne en Bulgarie. »

« Il a fait une mauvaise chute. Il est devenu amnésique. »
« Il reviendra. Il est toujours en vie ! »

Pauvres cons ! Papa était mort, bel et bien mort. Se mentir à soi-même n'y changeait rien.

Sa carcasse, un énorme quartier de viande, avait nourri des millions de vers, et son âme… Quoi, son âme ?

***

L'âme de papa, brisée, en mille morceaux épars, essayait, en vain, de se recomposer. La nuit, elle brillait d'un éclat fragmenté, presque visible. Elle pénétrait mes rêves à l'improviste, et me donnait une poussée de fièvre, sorte d'espoir évanescent.

J'étais bien incapable, hélas, d'aider mon père et de saisir, l'un après l'autre, chacun des éclats de son âme errante.

J'ignorais comment assembler ces lucioles, et ainsi créer un astre, dont la lumière, infiniment chaude, saurait me protéger.

Je n'étais pas expert en réparation d'âmes, je n'étais expert en rien du tout. Je savais juste que la vie, par une logique imparable, ne pouvait que perdre la partie.

Deux plus deux faisaient quatre, maman priait comme une folle, et mon père était réduit à l'état de cadavre.

***

Nous avons marché, dans la brume, vers Saint-Sornin, le village le plus proche de la maison. Là, nous avons dévalisé l'épicerie, posté deux ou trois lettres, acheté de la brioche aux pralines, et trouvé un homme capable de faire démarrer notre chaudière à charbon.

Les gens nous souriaient avec tristesse. Ils posaient la main sur mes épaules, ébouriffaient mes cheveux, m'appelaient « pauvre petit » comme si je devais mourir sous peu. Je ressemblais tellement à mon père, disaient-ils, c'en était presque fou ! Maman restait digne, de sorte qu'on nous offrit du pain, des bonbons, du confit de canard, de la gouère, comme à des membres de la famille ou de gentils pauvres.

Nous n'étions ni pauvres ni de la famille.

« Quels ploucs, ces ploucs ! » me susurra maman, au sortir de la boulangerie, pour m'amuser.

Mais je ne ris pas, car je trouvais ces ploucs d'une rare gentillesse, et me drapai dans un silence hautain.

— Pardon, Souriceau. Je ne le pensais pas, tu sais bien que… As-tu vu l'air de bouledogue du petit gros, devant l'église ? Il est tordant, non ?

— Mais… c'est un bouledogue, maman !

— Ah oui ! Tu as raison. Il faisait tellement couleur locale ! »

Cette fois, je ris. La bonne humeur de maman était irrésistible.

***

Au bas de l'église courait un jardin, lequel enserrait la statue d'un poilu, séparée de la rue par une simple grille. Cette statue était différente de celles qui, d'ordinaire, commémorent la Grande Guerre. Couverte d'enduit, elle reluisait comme un soldat de plomb. Ses couleurs, délavées, me rappelaient papa, qui n'aimait que les gris, les bruns, les beiges, afin de se confondre avec la muraille. Le visage du poilu, beau mais dénué d'expression, me serra le cœur. Je m'arrêtai quelques instants face à lui.

« Jolie statue, fit maman.

— Hum hum… »

En vérité, j'essayais de me souvenir, avec précision, des traits de mon père, lui qui avait combattu en Algérie. Lui qui, souvent, s'était penché sur mon lit, puis, en silence, avait baisé mon front dans la nuit noire. Je savais les paroles qu'il murmurait alors, car, plus d'une fois, j'avais feint le sommeil.

« Mon doux cœur, petit seigneur, que la nuit te soit douce !

Comment, face au poilu de plomb, pouvais-je oublier le visage de papa ? Comment osais-je exprimer une telle ingratitude ?

« Maman ?

— Oui, mon chéri ?

— Tu n'as pas de photo de papa ?

— Non. »

***

« Mon doux cœur, petit seigneur, que la nuit te soit douce ! »

***

L'Alphonse, obéissant à sa femme, nous a raccompagnés dans sa camionnette. C'était l'époux de l'épicière. Il sentait le vin rouge et le shampooing. Ses yeux minuscules, ses joues couperosées, son sourire d'enfant m'inspiraient confiance. J'étais assis, plutôt mal, entre maman et lui.

« Ben, chapeau ! lança-t-il. Venir s'installer dans ce trou, seule avec le gosse, faut le faire ! »

Maman ne répondit pas.

« Si ma légitime disparaissait, je sais pas ce que je deviendrais. Je me laisserais couler, sans doute. »

Je fermai les paupières, et, le temps d'un souffle, vis l'Alphonse, vêtu comme un soldat, marcher dans l'Aumance. Le sourire aux lèvres, sans un murmure, sans même une larme, il laissa la rivière l'ensevelir.

« J'ai peu connu votre mari, poursuivit-il, mais je me souviens de lui, madame. Pas fier pour un sou, le Guillaume, malgré sa naissance, les études, et tout et tout… C'était quelqu'un de bien !

— Non, répliqua maman. C'est quelqu'un de bien ! C'est encore quelqu'un de bien ! »

***

Pendant que maman rangeait le résultat des courses dans la cuisine, je fis quelques pas dehors, aux côtés de l'Alphonse.

« Belle petite baraque, fiston !

— Hum hum…

— Bah, je te comprends. Faire la causette à un inconnu, y a plus folichon dans la vie !

— Oh non, monsieur… c'est juste que… je réfléchissais… Je ne sais pas si je trouve belle ou non la maison…

— Ben, moi, je te le dis, c'est une belle petite baraque, un peu isolée, mais jolie comme tout !

— Vous avez connu papa… quand ça ?

— Ben, laisse-moi voir… j'avais dix, onze ans, je crois. Chaque été, il venait passer deux mois ici, avec sa mère et ses grands-parents. J'étais plus âgé que lui, plus dégourdi mais plus bête aussi. On formait un petit groupe, à quatre ou cinq. On faisait du vélo, on péchait, il nous lisait des livres.

— Ah !

— Ben oui, fiston ! Les bouquins, pour nous, ça coûtait la peau des fesses, et… *LÎle au trésor*, *Le Capitaine Fracasse*, *Dr Jekyll et Mr Hyde*. Quel bonheur c'était ! J'ai peu de mémoire, mais je n'oublierai jamais la voix de ton père.

— Moi aussi, j'aime lire !

— Normal, les chiens font pas des chats !

— Il vous appréciait, papa ?

— Oui, sans doute, comme on peut s'apprécier, le temps d'un été…

— Moi, je pense qu'il vous aimait bien. »

***

Quand maman est ressortie de la maison, l'Alphonse a rougi, puis s'est dirigé vers la camionnette.

« Bah, c'était de bon cœur, madame. Si vous avez besoin de moi, n'hésitez pas !

— Non. Je n'en ferai rien.

L'Alphonse est monté dans la camionnette. Le véhicule a démarré en trombe.

— Maman, tu n'es pas gentille », ai-je dit, le regard mauvais.

Elle m'a giflé, puis s'est précipitée dans la maison.

La brume, au-dessus des champs, s'est alors levée, dévoilant un océan de givre et de solitude.

***

Derrière la maison, juste à l'orée du bois, gisaient des piles de pierres, classées par couleur. Huit pierres, superposées, composaient chaque pile. Huit piles en tout, l'une blanche, l'autre beige, la suivante gris clair, et ainsi de suite jusqu'à la dernière, aussi noire que les plumes d'un corbeau.

Je me demandais s'il s'agissait là d'autels de poche, dédiés à un dieu local. Je n'osai les détruire à coups de pied, craignant de causer une catastrophe.

Du bout des doigts, j'ai soulevé une pierre, collée par une matière flasque à la pierre du dessous. Tremblant, je l'ai vite remise en place. Les piles n'étaient pas récentes, elles avaient un parfum de grotte. À côté d'elles, des restes de brindilles jonchaient le sol. J'ai pensé que les brindilles, à l'origine, devaient former des cercles autour des piles.

Peut-être, enfant, mon père avait-il édifié ces amas de pierres ? Par jeu ? Pour tromper l'ennui ? Pour se protéger, qui sait ?

Pour invoquer le Seigneur ? Par impulsion pure ? Ou pour que son propre fils, un matin d'hiver, découvre son ouvrage ?

En tous les cas, j'aimais ces cailloux tristes, et je décidai qu'ils me porteraient chance.

***

Après le déjeuner, j'entrepris de marcher dans le bois. La terre, à moitié gelée, craquait sous la semelle de mes chaussures. Elle faisait le bruit d'un œuf broyé par une main féroce.

Le vent soufflait à peine, comme s'il agonisait. Les chênes tordus, sous le soleil, ressemblaient à des ombres. J'avais l'impression d'avancer au hasard d'un cimetière. Chaque buisson, chaque arbre, n'était ni vivant ni mort.

Je visitais le bois des Morts-Vivants.

J'apprivoisais la peur.

***

Je crus voir un rat blanc courir entre les arbres, et je perçus toutes sortes de bruits singuliers. Des bêtes gémissaient à droite, à gauche, mais semblaient invisibles. Mon regard, vif et perçant, ne devinait rien d'autre que les chênes. Les feuilles crissaient en l'air, comme elles font en été. Cependant, les branches n'avaient plus de feuilles, et l'hiver triomphait ! Je faillis me tordre la cheville tant le sol glissait. Puis, je compris qu'en posant d'abord le talon, fortement, sur la terre gelée, marcher devenait presque aisé. Je m'enhardis à bomber le torse, à presser le pas, missionnaire en terre sauvage, et m'enorgueillis de mon sang-froid.

Alors, je les entendis pour la première fois. J'en eus le souffle coupé. Vite, ils recommencèrent, plus loin. Tout aussi stridents. Ces sifflements me glaçaient le sang. On eût dit qu'ils naissaient d'un monstre, mi-serpent mi-homme. Ils étaient doux, comme une comptine, et emplissaient l'air, à l'instar du vent. Quelque chose d'heurté, de foncièrement cruel, vivait en eux. Les sifflements jouaient à m'effrayer. D'ailleurs, je crevais de peur.

J'eus l'impression qu'une bête marchait dans les parages. Qu'elle frôlait la terre à pas de loup. Je bloquai ma respiration pour ne pas hurler. Je fermai les yeux pour ne plus rien voir. J'obturai mes oreilles pour ne plus entendre.

Et je pris la parole, d'une voix posée, dissimulant l'effroi qui me pétrifiait.

« Partez, sifflements de hyène ! dis-je alors. Disparaissez, crissements de feuilles ! Allez-vous-en, maudits pas de loup ! Vous ne me faites pas peur, vous n'existez pas ! Je vis dans la maison bénite à l'orée du bois. Vous ne pouvez rien contre moi ! Fuyez, laissez-moi tranquille ! Je ne vous crains pas, sales fantômes ! En vérité, j'ai vu pire que vous ! »

Je rouvris les yeux, puis, faussement calme, fis machine arrière. Après quelques foulées, je me mis à courir comme un fou, plus vite qu'un guépard, aussi vite que l'éclair, et sortis bientôt du bois.

***

Je repris mon souffle dans les champs. Un faucon tournoyait, juste au-dessus de moi. Le plumage de son ventre, ivoire tacheté de brun, semblait des plus soyeux. Je n'eus pas peur de lui. Ce rapace était comme un frère, et guettait le danger depuis le ciel.

Peu à peu, mon cœur s'apaisa. J'étais fier de moi, de ma bravoure et de mon discernement. Je n'avais pas capitulé face à l'ennemi. Je ne m'étais pas jeté à terre et mis en boule, telle une limace, dans l'espoir que tout cesserait par miracle. Non. J'avais invectivé le monstre avant de m'enfuir, et j'avais couru dignement, du moins le croyais-je. Et puis, nul cri, nul pleur n'étaient sortis de moi. Je ne faisais plus partie de ces trouillards d'enfants qui peuplaient le monde. Je n'agissais pas aussi bêtement qu'eux. Je savais, moi, que les cauchemars prennent vie parfois.

J'étais orphelin de père.

***

Je finis par comprendre où je me trouvais. La ferme de la sorcière était à ma droite, à huit minutes de marche, et la maison de mon père, cinq cents mètres plus loin. J'avançai tout en chantant.

J'ai sous les pieds les deux éponges,
Que ce gros mollusque d'Hector
Laissa traîner, l'ignoble porc,
À l'entrée de mes plus beaux songes !

***

Sur le chemin, la mère Clisson vint à ma rencontre.

« Alors, Bibelot, ça va comme tu veux ?

— Je ne m'appelle pas Bibelot.

— Non, c'est vrai, je te prie de m'excuser ! dit-elle avec ironie.

— Pardon, madame, j'aimerais passer.

— Mais je t'en prie !

— Vous me barrez la route.

— Marche sur le champ. Ça n'avait pas l'air de te gêner, quand tu es sorti du bois.

— Je n'avais pas le choix, madame. J'explorais les environs.

— Tu m'en diras tant !

Je gardai le silence.

— Tu m'as l'air bien casse-cou, reprit-elle, pour un Adrien des villes !

— Vous vous moquez de moi ?

— Penses-tu ? J'admire ton inconscience, au contraire !

Ces paroles m'angoissèrent. Mais je ne dis rien.

— Tu cogites, Adrien, tu te poses mille questions…

— Ma mère m'attend, madame !

— Ah ! Tu crois ? Je pense, moi, qu'elle n'attend plus grand-chose, ta petite maman ! Ses yeux sont déjà morts, si tu veux mon avis. »

Par extraordinaire, la méchanceté de la sorcière me parut inoffensive, comme s'il s'agissait là de sa raison d'être, d'un état voulu par Dieu, qu'elle eût été folle de vouloir contrer.

— Soyons sérieux, poursuivit-elle. Tu n'as pas vu de loup, par hasard ? Senti ses mouvements ? Respiré son haleine ? Comme un grand froid le long du dos ?

— Je… non, madame… je ne crois pas.

— Les moutons se font saigner, par ici. Les fermiers se taisent pour ne pas tenter le diable. Mais je sais, moi, que le grand loup rôde. Je le sais comme j'ai vu, tout de suite, la couleur écarlate autour de ta mère.

— Écarlate ?

— La couleur du malheur, Adrien. »

Je pris mes jambes à mon cou.

La sorcière se tordait de rire.

***

Avant d'ouvrir la porte de la maison, je ris à mon tour. Madame Clisson m'avait bien eu ! Sans doute était-elle reine en sifflements et pas de loup ? Sans doute m'avait-elle suivi dans le bois pour m'effrayer ?

Quel enfant crédule j'étais ! La vieille m'avait embobiné, l'espace d'un instant. Mais je ne marchais plus. Non. Je ne pouvais croire en de telles fariboles. Le Petit Chaperon rouge, Barbe-Bleue, les loups-garous… n'étaient que des ruses, des artifices d'adultes.

De même, l'âme éparpillée de mon père avait tout d'une fraude.

La vérité se touchait du doigt, s'observait à l'œil nu, donnait envie de vomir.

Le jour, la nuit, la peau, les viscères, les larmes… rien d'autre n'existait ! Maman me l'avait juré mille et mille fois. Je devais la croire, elle avait raison ! Comme souvent. Comme toujours ! Sinon, la terre se mettrait à trembler, les fleuves charrieraient du sang, le monde entier s'écroulerait.

Je levai la tête et vis le faucon. L'oiseau s'était installé sur la cime d'un chêne. Il m'observait avec tendresse.

***

« Alors ? me dit maman dès que j'entrai dans la maison.

— Hum hum…

— Bonne promenade, Souriceau ?

— Hum hum…

— On t'a coupé la langue !

— Non, pas encore.

— Comment ça, pas encore ?

— Oh, rien, maman, rien du tout… »

Je déposai bottes, écharpe, anorak dans l'entrée, puis vins m'asseoir près de la cheminée, sur le tapis. Comme un fantôme, maman s'approcha doucement. Elle mit la main dans mes cheveux, soupira, se laissa choir derrière moi. Je retenais mes larmes. Alors, elle m'entoura de ses longs bras, me serra fort contre elle, et me dit à l'oreille :

« Je t'aime plus que tout, Adrien !

— Moi aussi… », murmurai-je, un peu forcé.

***

Ce soir-là, nous avons mangé des pommes, chaudes, moelleuses, et du boudin blanc. Mon repas favori. Maman avait même préparé une compotée d'oignons !

« C'est bon ? me demanda-t-elle.

— Oui ! Merci maman.

— Je t'en prie, Souriceau. »

La chaleur du feu de cheminée, celle de la gazinière, avaient tiédi les murs. Emmitouflé dans un gros pull, j'étais presque heureux.

« Maman ?

— Oui, mon chéri ?

— Je dormirai dans ma chambre ou dans ton lit ?

— Dans mon lit. Tant que la chaudière à charbon ne fonctionnera pas, nous dormirons ensemble.

— Et quand viendra le monsieur de la chaudière ?

— Demain.

— Maman ?

— Oui ?

— Je retournerai bientôt à l'école ?

— Pourquoi ? Tu n'es pas bien avec moi ?

— Si, mais j'aimais bien apprendre, avant… et puis… je voudrais me faire de nouveaux amis.

Elle resta silencieuse.

— Je veux dire, si ça ne t'embête pas trop, maman ? »

***

Après le dîner, maman a pris ma main, et m'a conduit dans le grenier, farci de tapis et de meubles rares. Sous un lampadaire trônait un bureau Louis XVI, aménagé en musée à la gloire de papa.

« Regarde ! » fit-elle, émerveillée.

Sur le bureau gisaient un Ancien Testament corné, des gants de conduite, une paire de lunettes, six boutons de manchette, un trente-trois tours (le *Stabat Mater* de Pergolèse) et une feuille de papier, jaunie, que l'écriture fine, appliquée de mon père, avait entièrement recouverte.

— C'est magnifique, Adrien !

Je ne savais que dire, parcouru par un mélange d'horreur et d'émotion.

— Je pense que les objets respirent mieux dans cette pièce, murmura maman.

Le froid me glaçait. Je frissonnai.

— Tiens, prends ses lunettes, Souriceau !

J'obéis.

— Mets-les !

— Non, maman… s'il te plaît ?

D'autorité, elle les posa sur mon nez, tordant les branches pour les ajuster à mes oreilles.

— Elles te vont bien. Tu devrais les porter.

— Non.

— Pourquoi ? Ce serait ta façon de penser à lui.

— Je ne veux pas, maman. Je n'ai pas besoin de lunettes pour penser à lui. Et puis, ce sont les siennes, pas les miennes !

— Et alors ? Il ne t'en voudra pas.

— Elles me font mal aux yeux, maman !

— Ça, c'est une bonne raison pour me les rendre.

Avec délicatesse, maman reprit les lunettes, redonna aux branches leur forme initiale, et posa la relique sur le bureau, près des boutons de manchette.

— Nous irons voir un opticien, à Moulins. Il adaptera les verres à ta vision.

— Maman ! » criai-je de toutes mes forces, avant de descendre quatre à quatre les escaliers.

***

Je me réchauffai près du feu, et m'interdis de remonter dans le grenier. Je mourais d'envie de prendre le tisonnier pour aller frapper maman. Qu'elle cesse enfin cette comédie de l'aveuglement, qu'elle n'essaie plus de m'entraîner dans ses divagations !

Qu'elle se conduise en mère !

Puis, la culpabilité me prit. Face au tisonnier, je fondis en larmes. Dire que j'avais voulu la blesser, moi, son fils unique !

Je me sentais perdu. J'aimais ma mère et cependant, je voulais lui faire du mal.

***

Pourquoi, papa, m'as-tu abandonné ?

Mais aussi, pourquoi t'ai-je abandonné ?

***

Maman, seule dans le grenier, pria vingt minutes à sa façon, colérique et impie. Elle redescendit, frigorifiée, s'agenouiller devant le feu. Je mis un plaid sur ses épaules et j'entrepris de la frictionner, comme faisait papa le soir, à Lille. Elle ne tarda pas à ronronner, tel un gros chat.

Je l'embrassai sur le front, pour la consoler.

« Merci, Guillaume », dit-elle en un souffle.

Elle avait oublié que j'étais son fils.

***

Avant de s'endormir, lovée contre moi dans le grand lit de sa chambre, elle me demanda pardon.

« — Pardon accordé », lui dis-je à l'oreille.

Et moi, pouvais-je me pardonner ?

J'eus alors le désir de cesser de vivre. Avec un peu de chance, la mort me faucherait en plein sommeil…

Maman dormait à présent. Si je mourais, je partirais dans le silence, paupières closes, tel un bienheureux.

Mais je ne pus fermer les yeux. Le vent soufflait trop fort autour de la maison. Le bois craquait dans la cheminée. Des oiseaux marchaient sur la gouttière du toit.

Puis, je perçus les sifflements, ceux de l'homme-serpent, ceux du bois. C'était comme s'ils s'insinuaient autour de ma gorge et tentaient de m'étrangler. Je n'aurais su dire d'où ils venaient, s'ils étaient réels ou le fruit de mon imagination. Mais ils m'empêchaient de respirer.

Je parvins à dire non d'une voix minuscule, et cela suffit.

Les sifflements s'évanouirent.

Plus tard, il me sembla qu'un loup hurlait dans les champs.

***

Cette nuit-là, mon corps finit par s'engourdir. Comme si je tombais au ralenti dans une crevasse.

Maman ronflait à la manière d'un mulot. Son souffle était léger, ses dents grinçaient.

Le bas de ses jambes s'agitait dans tous les sens. Et je m'interrogeais. Rêvait-elle alors qu'elle courait ? Fuyait-elle un danger terrible, seule au fond des bois ? S'agissait-il des sifflements que j'avais perçus la veille ? Devinait-elle le secret de leur naissance, au-delà de la brume hivernale ? Que voyait-elle qui m'échappait ?

Maman, la nuit, s'exerçait-elle à mourir ?

Madame Clisson disait-elle vrai ?

Ma mère… était-elle déjà morte ?

***

J'avais aimé le visage de papa, certains dimanches. Barbu, les yeux vif-argent, il ressemblait à un loup. Dans la rue, les narines de son museau frémissaient. Le vent soulevait ses cheveux noirs, lesquels retombaient en lui barrant le front. Ses sourcils restaient immobiles.

Tous les deux, nous allions acheter des croissants pour le

petit déjeuner. Chemin faisant, nous parlions de Louis XVII, d'Élisabeth Ire, de Fantômas et de vélo. Ce qui me passionnait devenait à ses yeux digne d'intérêt. Parfois, sa main s'attardait sur mes épaules. Parfois, je déclenchais son rire, sans savoir pourquoi.

Je l'aimais.

De retour à la maison, nous posions les croissants au beurre sur la table de la cuisine. Maman chantait *L'Anaconda*, puis préparait du chocolat chaud. Papa l'embrassait dans le cou. Nous étions heureux.

Elle aussi, je l'aimais.

***

J'ai sous la peau l'anaconda
Que cette courge de Sonia
Sortit sans laisse vendredi,
Le grand jour du poisson pourri !

J'ai dans les yeux les gousses d'ail
Que cette andouille de Lola
Jeta sur mon lit de diva
Comme un râteau dessus la paille !

J'ai sous les pieds les deux éponges,
Que ce gros mollusque d'Hector
Laissa traîner, l'ignoble porc,
À l'entrée de mes plus beaux songes !

Ah, je vous jure mes amis,
La vie ne m'a pas bien gâtée,
Si je n'fais pas pipi au lit,
C'est que j'ai trop de dignité !

Ah, je vous jure mes amis,
La vie ne m'a pas bien gâtée,
Si je n'fais pas pipi au lit,
C'est que j'ai trop de dignité !

Cette nuit, la dernière passée dans la chambre de maman, je finis, bien sûr, par m'endormir. Je n'étais pas en âge de la protéger.

Quand je m'éveillai, le lendemain, je pris peur : elle avait quitté le lit sans reborder les draps ! Sa place était encore chaude, mais je vis une tache de sang, dans l'empreinte laissée par son corps. Je courus à travers la maison. En vain. Puis, je tâchai de me calmer. Maman ne devait pas se trouver si loin ! Trois bûches, fraîchement posées, brûlaient dans la cheminée.

Je m'habillai, mis mon anorak, mon écharpe, mes bottes, et sortis. Le faucon porte-bonheur avait disparu.

Malgré le froid, j'eus l'impression d'étouffer.

« Maman ! Maman ! »

Je n'osai croire qu'un monstre, un vampire, était venu la mordre dans son lit, puis l'avait ravie pendant mon sommeil.

Trois fois de suite, j'ai fait le tour de la maison. J'ai même un peu marché dans le bois des Morts-Vivants.

« Maman, ce n'est pas drôle ! »

Une silhouette a semblé se faufiler entre deux chênes, une ombre furtive et grise. Homme ou bête, je ne savais…

Je pris alors mon souffle, et décidai, la mort dans l'âme, de me rendre chez la sorcière.

***

Je revins dans la maison, me saisis d'un couteau, le glissai dans la poche droite de mon anorak, et je partis chez madame Clisson.

Le vent fouettait mon visage. Des corbeaux planaient au-dessus des champs. L'air semblait fait de givre et de sel. Mille et mille flèches piquaient mes joues comme autant de moustiques. J'étais à deux doigts de pleurer mais n'en fis rien ! Louison Bobet, Jacques Anquetil, Raymond Poulidor ne craignaient pas l'adversité. Je devais les imiter pour conserver une chance de vaincre l'Ennemi.

L'atmosphère avait des relents de vase et de pourriture. La ferme de la mère Clisson me tendait les bras.

***

J'ai traversé la cour sur la pointe des pieds, de peur de m'enfoncer dans des sables mouvants. Pourtant, la terre était dure et craquelée comme la croûte d'un pain. Trois seaux traînaient devant une fenêtre. L'un vide, l'autre plein d'une eau blanche et transformée en glace, le dernier chargé d'ossements.

Je me suis mis à frissonner. S'agissait-il d'ossements de bêtes ou d'humains ? La vieille se nourrissait-elle d'enfants, qu'elle envoûtait grâce à des sifflements, des bruits de vent, des cris voilés de loup ? S'apprêtait-elle à me saigner puis à me cuire dans une grande marmite, au milieu de carottes et d'oignons rouges ?

Je m'armai de courage, et j'osai frapper deux coups, brefs, contre la porte d'entrée.

***

« Voilà voilà, j'arrive ! » glapit la vieille à l'intérieur des murs.

Ma main droite, cachée dans la poche de mon anorak, tenait fermement le couteau, prête à le planter dans le cœur de la sorcière, au cas où elle se risquerait à me défier.

La porte s'ouvrit. La mère Clisson me sourit avec malice.

— Tiens tiens !, dit-elle. On rend visite à la berdine !

J'étais interloqué.

— Quelle tête de merlan frit tu fais ! Entre donc, charmant Bibelot !

Je refusai de bouger d'un pouce.

— À ta guise, poursuivit-elle, mais je vais refermer la porte. Si tu veux geler sur place, grand bien te fasse ! »

Elle me claqua la porte au nez.

Je respirai fort, avalai ma salive, et frappai trois coups, nerveux, contre le chambranle en métal.

« Quel petit couillon !, s'écria la vieille en actionnant la poignée de la porte.

— Je... je..., bafouillai-je,... vous prie de m'excuser, madame... mais... je... c'est-à-dire...

La sorcière m'empoigna par le col et me traîna chez elle.

— Trêve de salamalecs, Adrien des villes ! J'ai froid !

Sa force me stupéfia. J'en oubliai tout désir de meurtre.

L'air dégoûté, elle finit par me lâcher.

— Pas de larmes, hein ? Les bébés, moi, j'en fais de la bouillie pour chat !

La pièce était aussi laide et triste que le jour de notre arrivée. Deux bols, vides, trônaient sur la table. Une sorte de chat, maigre et puant, dormait sur un tas de papier journal.

— Alors, dit-elle, que me vaut ta visite ?

L'index de ma main droite caressait la lame du couteau dans la poche de mon anorak. Je pris mon souffle afin de ne pas bredouiller. Puis, j'ai scruté la mère Clisson droit dans les yeux, tel papa face aux méchants.

— J'aurais deux questions à vous poser, madame, si cela ne vous gêne pas ?

— Non, cela ne me gêne pas, répondit-elle, amusée.

— Vous êtes une sorcière ?

Elle s'empêcha de rire, puis me lança :

— Deuxième question ?

— Avez-vous vu maman ? »

***

La vieille me prit par la main, doucement, poussa un rideau sale, suivit un mince corridor, et me fit signe de me taire. Les murs sentaient la rhubarbe. Elle ouvrit une porte : je découvris maman, tordue en deux sur un petit lit.

« Vous lui avez fait quoi ?, balbutiai-je, épouvanté.

— Rien, couillon !

Maman parvint à me sourire, et me lança :

— Ne t'inquiète pas, mon chéri. Je vais déjà mieux.

— Rentre à la maison, dis-je sans voix.

— Tout à l'heure, murmura maman. Tout à l'heure. Laisse-moi, s'il te plaît…

Elle s'étendit sur le dos, soupira fort, et posa une main sur le bas de son ventre.

— Laisse-moi, dit-elle sans méchanceté, me repoussant de la sorte vers la sorcière.

Je remarquai, près de la table de nuit, posée à même le sol, une bassine où stagnait de l'eau rougie.

— Reposez-vous, dit la vieille à maman.

Nous sommes revenus dans la pièce principale, et madame Clisson m'invita à m'asseoir.

— Vous lui avez fait quoi ? demandai-je de nouveau.

— Cesse d'envisager le pire ! Ça finit par lasser…

La vieille se tut, puis m'annonça, presque avec tendresse :

— Ta mère a des règles douloureuses, et je connais les plantes…

— Des règles, ? fis-je. Comment ça ?

— Tu ne sais pas grand-chose, on dirait ?

— Je ne vous permets pas, dis-je de mon air le moins aimable.

— Bon, passons. Parfois, les femmes saignent, Adrien, c'est la vie ! Certaines souffrent le martyre. Elles savent alors me trouver, malgré leur dégoût pour moi !

Elle éclata de rire, puis reprit :

— J'ai fait boire une tisane à ta mère, voilà tout. Dans une à deux heures, elle se portera comme un charme. Allez, ouste, Bibelot, fiche-moi le camp ! »

***

De retour chez nous, je me précipitai dans le grenier, puis redescendis avec la feuille, celle que mon père avait recouverte de son écriture fine.

Je m'assis près du feu sans ôter mon anorak. Les mots tourbillonnèrent devant mes yeux, mais je me repris. Les pulsations de mon cœur faiblirent ; je pus lire sans effort.

***

« Il y avait un poirier près de la vigne, dont les poires n'étaient ni fort belles à la vue, ni fort délicieuses au goût. Nous nous en allâmes, une troupe de méchants enfants après avoir joué ensemble jusqu'à minuit, comme ce désordre n'est que trop commun : nous nous en allâmes, dis-je, secouer cet arbre pour emporter tout ce qu'il y avait de fruits. Et nous nous en revînmes tout chargés de poires, non pour les manger, mais seulement pour les prendre, quand on les eût dû jeter aux pourceaux (quoique nous en mangeâmes quelque peu), nous contentant du plaisir que nous trouvions à faire ce qui nous était défendu.

Mon Dieu, voici mon cœur devant vous : voici mon cœur dont il vous a plu avoir pitié lorsqu'il était dans le profond de l'abîme. Qu'il vous dise maintenant ce qu'il recherchait dans cette action, ce qui le portait à se rendre coupable gratuitement et sans avoir aucun sujet de malice que sa malice même. Car j'ai aimé cette malice toute honteuse qu'elle était ; j'ai aimé à me perdre ; j'ai aimé mon péché, je ne dis pas seulement ce que je désirais d'avoir par le péché, mais le péché en soi et dans sa difformité naturelle. »

***

Je lus trois fois de suite la feuille jaunie.
Je n'y comprenais pas grand-chose.

Bah ! Je savais que ces mots, recopiés, provenaient d'un livre, et qu'ils parlaient à mon père.

Je réfléchis.

Voler des poires pour le plaisir de voler, oui, je pouvais le comprendre, même si je n'avais, moi, jamais rien volé. Cependant, je m'étais amusé, à Lille, à intervertir le courrier de nos voisins. Moitié par désœuvrement, moitié par bêtise.

Voler en groupe me séduisait. Non le fait de voler mais celui d'agir en groupe.

J'avais eu trois amis, dans mon ancienne vie. Je prenais plaisir, alors, à conter à papa les faits et gestes d'Emmanuel, de Philippe et d'Étienne. Nous jouions à la guerre, aux détectives, à cache-cache. Nous avions des projets de vie. Philippe voulait devenir astronaute, Emmanuel détective, Étienne éboueur, et moi, vainqueur, dix fois de suite, du Tour de France.

Le jeudi, pour le goûter, nous nous retrouvions chez Étienne. Nous refaisions le monde, c'est-à-dire que nous nous partagions les régions du globe en fonction de nos préférences. Personne, jamais, ne voulait de l'URSS, mais Philippe et Étienne en venaient aux mains dans l'espoir de posséder les États-Unis d'Amérique. Quant à moi, je raffolais du Cambodge. Nul, en vérité, ne songeait à me le disputer.

Philippe, Emmanuel, Étienne me manquaient. J'étais parti sans leur dire au revoir. J'aurais aimé les saluer. Comme j'aurais aimé saluer mon père, une dernière fois. Juste une dernière fois.

***

Avant de quitter mes trois amis, j'aurais dit ceci, qui me semblait superbe, empreint de mystère, et que mon père avait recopié sur la feuille jaunie :

« Mon Dieu, voici mon cœur devant vous. »

Tout bien réfléchi, je n'aurais pas invoqué Dieu, car il m'exaspérait depuis peu.

Donc, j'aurais murmuré :

« Mes amis, voici mon cœur devant vous. »

Je serais parti joyeux.

J'aurais couru des heures durant, la nuit, le jour, puis à nouveau la nuit. J'aurais couru sous des trombes de pluie, sous la neige, sous des giboulées de sang. J'aurais couru comme savent courir les athlètes, les bêtes sauvages, et tous ceux qui ont commis un crime.

***

Je reposai la feuille dans le grenier, puis redescendis. Je m'installai près de la porte d'entrée, déconfit à l'idée que la sorcière avait pu empoisonner maman.

Je ne savais plus que faire.

Le monde n'était-il pas en train de s'écrouler ?

Nerveux, j'entrepris de me griffer les poignets.

Puis, maman revint.

Elle allait mieux, me noya de baisers, caressa mon front, sécha mes larmes.

Je pleurais dans ses bras, tel un idiot pris de faiblesse. Tel un enfant. Je pleurais à défaut de pouvoir la griffer. Je pleurais car tout, soudain, venait de basculer. Ma mère était passée dans le camp de l'Ennemi. L'étrangeté de sa maladie (cette histoire de règles !) n'était qu'un leurre en vue de dissimuler son pacte avec la sorcière. Du reste, elle sentait la rhubarbe et l'humidité.

Dorénavant, je ne m'embarrasserais plus de sentiments. Seuls compteraient mes besoins les plus élémentaires. Boire, manger, dormir, courir. Puisque maman ne faisait plus cas de moi, je lui rendrais la pareille et n'hésiterais pas, d'un coup de crocs, à trancher le cordon ombilical !

***

Naturellement, je me berçais d'illusions. Nul ne peut, à neuf ans, par décret personnel, se passer d'amour et de joie de vivre. Il est impossible d'oublier, du jour au lendemain, la tendresse, les gestes doux qui mesuraient le temps. Même elle, ma mère, ne pouvait lutter contre sa nature. Il lui arrivait, certes de moins en moins souvent, de chantonner, de sourire… Et je croisais les doigts, secrètement, dans l'espoir que tout redevînt comme avant.

Désir puéril ! Le givre, les champs figés, les nuées de corbeaux, les chênes écorchés, le bois des Morts-Vivants, la masure de la mère Clisson, jusqu'à notre demeure bénite, et mon faucon porte-bonheur, tout, ici-bas, portait la marque de l'irrévocable.

C'était comme si nous vivions au purgatoire.

Et cependant, je m'occupais. Je passais le plus clair de mon temps dehors, à explorer la nature. Je domestiquais le vent, j'en venais à raffoler de ces instants où le froid cognait si fort qu'on ne savait plus s'il glaçait ou s'il brûlait le bout des doigts. Je rentrais vite alors à la maison, buvais un bol de chocolat chaud, puis repartais à l'aventure. J'essayais de recréer les pistes que mon père, à mon âge, avait empruntées. Je m'inventais des circuits, lesquels devaient me mener vers un lieu, secret, magique, où il m'attendait, plus barbu qu'un loup, prêt à me serrer contre son cœur, à me prendre par la main pour me soustraire au malheur.

Souvent, je tombais sur des amas de pierres, répliques exactes de ceux que j'avais trouvés derrière la maison. Je posais la main, délicatement, sur le haut de la pile, puis je fermais les yeux, dix, vingt secondes, le temps de faire naître en moi la force qui me manquait. J'utilisais ces pierres comme autant de sources d'énergie.

Les jours s'écoulaient, mornes, et maman vaquait à ses occupations. Prières, cuisine, ménage, siestes, infinis silences… peuplaient désormais ses journées. La colère semblait l'avoir quittée depuis que la chaudière à charbon fonctionnait. Je n'allais pas à l'école ; personne ne s'en souciait. Ma mère, une fois par semaine, se rendait au village afin d'acheter notre nourriture. Un curé à la retraite, petit homme obséquieux, lui servait de chauffeur. Parfois, durant mes longues promenades, je m'approchais du village mais n'osais y pénétrer. Je craignais de susciter la curiosité, du simple fait de ma présence. À ma façon, je devenais de plus en plus sauvage.

« Attention, Adrien, tu es sur la mauvaise pente ! m'avait crié la sorcière. Si tu continues comme ça, tu te transformeras en loup-garou ! »

Un matin, je découvris six cadavres d'oiseaux, disséminés dans le bois des Morts-Vivants. Comme tout enfant des villes, j'étais incapable de les nommer. La vision de leurs corps, fragiles, aux couleurs blanchies par le givre, me glaça le sang. L'un d'entre eux, le plumage vert et rouge, les pattes recroquevillées, semblait me juger derrière ses yeux livides. Oh, je l'aurais sauvé, la nuit précédente, si j'avais seulement su que les bêtes, à l'instar des hommes, pouvaient périr de froid ! Il était à peine plus lourd qu'un linge mouillé. J'entrepris de le frictionner, mais rien n'advint, pas l'ombre d'un miracle. Cela confirma ce que je pressentais : on ne revenait pas d'entre les morts. Jamais.

Je devais m'endurcir. Je n'avais pas le choix.

Plutôt que d'enterrer le petit oiseau, comme je venais de faire avec les cinq autres, je me saisis d'une lourde pierre en vue de l'écraser.

Je le posai sur le sol, au pied d'un chêne malade, et me dis en moi-même, huit fois de suite :

« Mon cœur est dur comme la pierre. Mon cœur est dur comme la pierre. Mon cœur est dur comme la pierre. Mon cœur est dur comme la pierre. Mon cœur est dur comme la pierre. Mon cœur est dur comme la pierre. Mon cœur est dur comme la pierre. Mon cœur est dur comme la pierre. »

Puis, je lâchai la pierre sur le cadavre du petit oiseau.

Je n'ai pas frémi. Je n'ai pas pris la fuite. Je n'ai pas souri.
Mais j'ai senti, dans ma poitrine, rétrécir mon cœur. Tant mieux.

***

Je pris l'habitude, en cachette, de sortir, la nuit, dans le bois des Morts-Vivants. C'était facile. Maman dormait comme une souche et je disposais de ma propre chambre. Il me suffisait, vers minuit, d'attraper une lampe de poche, de bien me couvrir et de quitter la maison à pas de loup.

Ma première sortie dura deux minutes, guère plus. Les bruits de la nature, les cris des bêtes m'épouvantaient. J'avais l'impression que des chauves-souris frôlaient mes joues, que des ragondins m'écorchaient, que des renards faisaient la ronde autour de moi. L'air était perçant, charriait mille odeurs qui m'échappaient le jour.

Je m'enhardis. Chaque nuit, je sortis plus longtemps que la nuit précédente. Les cris des chouettes, les jeux des rongeurs, l'effleurement du vent, devinrent moins mystérieux pour moi. La texture de la nuit, mélange d'encre et d'eau vive, me caressait avec une douceur folle. Je dirigeais le faisceau de la lampe de poche vers la terre et refusais de voir à hauteur de mes yeux. Cela m'aurait porté malheur, tout comme le fait de parler à voix haute. La nature appartenait aux fantômes, aux sorcières, aux loups. Pas aux garçons morbides.

En vérité, j'avais peur, mais j'appris à camoufler ma peur. Je finis même par croire en mon audace ! Oh, celle-ci avait ses limites, et je ne suis jamais resté plus de vingt minutes absent de la maison. Mais ces minutes me semblaient des heures.

Et puis, seul humain dehors, je me sentais plus proche de mon père. Tous ceux qui l'avaient aimé dormaient. Sauf moi !

La nuit, papa, d'une certaine façon, m'appartenait. Je pouvais alors, dans un état proche du somnambulisme, transi de froid, m'avouer la vérité.

Mon père, si bon, si tendre, avait eu l'alcool mauvais.

***

La lampe dans la main gauche, je gardais la main droite ouverte, paume vers le ciel. En cas de chute subite d'un oisillon, j'aurais pu le saisir au vol, et, peut-être, le réchauffer. J'en avais ma claque, le jour venu, d'être obligé d'écraser, à coups de pierres, les dépouilles des petits animaux (rongeurs, oiseaux…) que je trouvais par terre.

***

La nuit, les sifflements de l'homme-serpent se confondaient avec les bruits du bois. Le souffle du monstre faiblissait tant qu'il devenait plus léger que le duvet d'un moineau. L'écho de ses pas mourait avant même de parvenir à mes oreilles.

C'était comme si nous nous apprivoisions l'un l'autre, comme si nous apprenions à nous frôler.

Quand le vent se levait, que le froid, malgré mon écharpe, s'insinuait le long de mon cou, je savais qu'Il s'approchait de moi, qu'Il essayait alors de me toucher sans me blesser. D'un geste irréfléchi, d'un coup de griffes, Il aurait pu briser ma nuque. J'étais un petit oiseau pour lui. Ça ne me plaisait pas mais je devais m'y faire. Je ne vivais plus dans du coton mais au fin fond du monde, en un lieu si reculé que le froid régnait ici en maître.

Je savais qu'Il m'avait soudain quitté quand me parvenaient, au loin, des cris d'agonie. Les cris de la bête qu'Il venait d'égorger.

Quelle était la nature exacte du monstre ? L'apercevrais-je un jour ? Lui parlerais-je ?

Pourquoi m'épargnait-il ?

La demeure bénite où je vivais, les piles de pierres érigées par mon père, me protégeraient-elles éternellement ?

N'étais-je pas à moitié mort, à l'instar de ma mère ?

***

Un matin, je croisai la sorcière.

« Tu files un mauvais coton ! dit-elle en saisissant mon bras.

— Lâchez-moi !, criai-je.

— Silence, Adrien ! » m'ordonna-t-elle, inflexible.

J'essayai de lui donner un coup de pied. J'échouai. Elle tordit mon bras de telle sorte que je dus m'accroupir devant elle. La douleur prit le pas sur la rage, la honte sur la douleur, la lâcheté sur la honte… Puis, l'apaisement surgit ! La mère Clisson patienta le temps qu'il fallut. Son regard, sorte d'eau grise, m'intimida. Elle finit par me libérer. Je n'osai fuir.

« Tu files un mauvais coton, Bibelot !

— Et alors ?

— Je t'ai vu, la nuit dernière. Tu t'es faufilé dehors comme un orvet dans la pierraille.

— Et alors ?

— La nuit n'appartient qu'aux bêtes et aux esprits malins. Laisse-les s'ébattre en paix !

Silencieux, j'observai le sol.

— Veux-tu devenir une ombre ? gloussa-t-elle. Ou pire encore ?

Était-elle sérieuse ? Me narguait-elle ?

— Et vous, madame ? fis-je, énervé.

— Quoi, Bibelot ?

— Comment savez-vous que je suis sorti la nuit ?

Elle fit semblant de rire, puis me dit :

— Pour qui me prends-tu ? Je suis loin d'être sotte ! Dès que le soleil se couche, je me calfeutre sous mes draps ! J'éteins la lumière et je tends l'oreille. Pas besoin des yeux pour deviner les choses, pour savoir que tu erres, chaque nuit, dans le petit bois. Bah, si ça te chante ! Mais tu es trop jeune pour faire ami-ami avec les esprits. Tu vas finir par y perdre l'âme.

— Et alors ?

— C'est mal. Tu brises l'équilibre des lieux. Tu nous mets en danger. Pense à ta mère !

— Quoi, ma mère ?

— Au moins, j'espère que tu la respectes ?

— Ça ne vous regarde pas.

— Non, tu as raison. D'ailleurs, je t'apprécie ! Les enfants, ceux du canton, sont d'affreux couillons. Tu es différent,

Adrien. Je sens quelque chose en toi, d'ombrageux, qui me séduit. S'il le fallait, tu pourrais tuer !

Confus et fier, je rougis.

— N'est-ce pas ? reprit-elle. Tu pourrais tuer ?

Que répondre à ça ?

J'eus le vertige un instant, puis choisis de poser la question qui me taraudait :

— Pourquoi jetez-vous des os dans une bassine ?

— Ah !

— Pourquoi, madame ?

— Pourquoi pas ?

— Ce n'est pas une réponse.

— En effet…

Une ébauche de sourire déforma sa lèvre inférieure.

— Je jette les os de mes victimes, poursuivit-elle, car il faut bien se débarrasser des restes !

Je frémis d'effroi. La vieille rit alors à gorge déployée, puis me lança, les yeux dans les yeux :

— Crétin, va ! Je jette les os des bêtes que j'ai mâchées ! Poulets, veaux, canards, agneaux… je raffole des volailles, et, plus encore, des côtes de porc ! Je remplis ma bassine au fur et à mesure de mes repas. Le soir venu, les chiens errants, les renards, les loups, se servent à volonté. Parfois, l'hiver, ils s'abstiennent. Je jette alors le tout dans l'Aumance.

— Ah !

— Satisfait ?

— Oui, madame.

— À l'occasion, passe me voir. Et ne sors plus la nuit !

Je réfléchis quelques secondes, puis déclarai :

— Ça, madame, je ne peux le promettre.

— À ta guise ! Ces derniers temps, le loup blanc chasse… Je t'aurai prévenu, Bibelot ! »

***

Les paroles de la vieille me troublèrent. Les jours suivants, je ne cessais de les triturer dans tous les sens.

Avait-elle voulu, madame Clisson, m'avertir d'un vrai danger ? Désirait-elle, au contraire et par un effet pervers, me pousser à sortir davantage ? Les esprits malins, les ombres, les bêtes sauvages… devais-je les craindre ou, passé minuit, leur tendre la main ? Le bois des Morts-Vivants bruissait-il d'une vie magique ? Était-il le reflet de mon désordre intime ? Comment savoir ?

Devenait-on un homme à s'inventer mille peurs et mille façons, tout aussi absurdes, de les affronter ?

Les enfants ne dormaient-ils pas la nuit ? Les parents ne veillaient-ils pas sur leur sommeil ?

Étais-je encore un enfant ?

Les sorcières, les vieillardes, sur quoi veillaient-elles ?

Et maman ? Que faisait-elle ? Où était-elle en vérité ? Qu'attendait-elle, aveuglée par l'amertume, tapie au fond des bois ?

***

J'avais l'impression, quoi que maman fît, où qu'elle fût, que ses yeux se remplissaient d'algues, et qu'une espèce de mousse, grisâtre, filandreuse, lui dévorait les doigts.

Depuis peu, elle traînait les pieds, se lavait un jour sur deux, passait de longues heures dans le grenier. Si elle m'adressait la parole, elle était, d'une certaine manière, absente. Les mots semblaient alors sans chair, et ne plus avoir de sens pour elle. Son odeur, hostile, était imprégnée des senteurs du bois des Morts-Vivants.

Elle ne sortait plus jamais de la maison, sauf pour faire les courses à Saint-Sornin. Malgré son immobilisme, malgré le fait qu'elle dormait, la nuit, douze heures d'affilée, tout en elle évoquait les bois.

Sa façon de gémir, les soupirs éraillés qui ponctuaient ses gestes, étaient ceux d'une bête, non d'un humain.

Oui, ma mère gisait au fond des bois, même si son corps était prisonnier de la maison bénite.

Un matin, dans la cuisine, j'implorai maman :

« Réveille-toi, s'il te plaît !

— Je suis éveillée, Souriceau, marmonna-t-elle.

— Allons à Moulins !

— ... Oui... D'accord... Plus tard... Un autre jour...

— Demain !

— Tu m'embêtes, Adrien. Je pense.

— À quoi tu penses, maman ?

— À rien. Laisse-moi.

Je voulus la gifler, mais vins mettre mes bras autour de sa taille.

— On ira chez l'opticien, lui dis-je. Avec les lunettes de papa ! Il adaptera les verres à ma vision.

— À quoi bon, Souriceau ?

— Mais, tu disais…

— Ton père est myope comme une taupe, et tu as des yeux de lynx. Ne sois pas stupide.

— Je t'en supplie !

— Maintenant, lâche-moi. Tu me pèses.

Je fis deux pas en arrière, et trouvai, soudain, qu'elle était devenue maigre et laide.

— Elle t'a envoûtée ! m'écriai-je.

— Va jouer, veux-tu ?

— Bon sang, tu ne vois rien du tout !

— Mais si, mais si…

— Non, tu ne vois rien ! Tu es devenue aveugle, sèche et méchante ! Si tu y voyais, maman, tu saurais que… »

Le regard vague, elle boucha ses oreilles, et se dirigea vers l'escalier. Je laissai ma phrase en suspens.

***

« Si tu y voyais, maman, tu saurais que j'essaie de te sauver ! »

***

Plus tard, je gravis l'escalier du grenier sans faire de bruit. Le frottement de mes chaussettes contre les marches était semblable au souffle d'un chiot. Dehors, il neigeait à gros flocons. Je faillis éternuer. Mon cœur battait la chamade. Arrivé sur le palier, je dus patienter deux minutes avant d'être en état de m'agenouiller, puis d'accoler mon oreille à la porte sombre. D'abord, je ne perçus rien, sinon le bois des poutres qui se mit à craquer, sinon le pépiement d'un oiseau. Puis, je compris qu'il ne s'agissait pas d'un oiseau mais de maman, qui murmurait à une vitesse folle. Je fis un effort de concentration tel que ma tête bourdonna, comme emplie de grésil. Néanmoins, je parvins à saisir la plupart des mots que maman prononçait.

« Non, disait-elle, ne fais pas le fou ! Je t'en prie, sois raisonnable… Pense au petit qui dort, pense à ton fils ! Bah, je veux bien me dévêtir, Guillaume… Ma peau s'est un peu flétrie, je te préviens. Ici, mon amour, c'est la Sibérie ! Vois, j'ai des rougeurs au bas du dos, et une tache mordorée sur le sein ! Le gauche, idiot ! Chut, Guillaume, il ne faut pas ! Non ! »

Maman se mit à rire, et son rire me troubla. J'eus la double sensation de mourir et de commettre un crime. De plus, une chaleur intense m'envahissait.

Je décidai d'observer ma mère à travers le trou de la serrure.

Ce que je vis m'affola !

Maman, debout, nue, vêtements à terre, courbait le corps d'arrière en avant, d'avant en arrière, en des gestes réguliers, comme si une balançoire, encore et encore, lui heurtait le ventre. Puis elle fit un cercle avec les bras, de sorte qu'elle enlaça une chose invisible (un homme ?) à qui elle s'adressait. Car elle n'avait cessé de murmurer depuis que j'étais sur le palier. Ses paroles, à vrai dire, ne me parvenaient plus.

Je ne pus en voir davantage. Cette scène me fascinait, me remplissait de honte, me révulsait.

Je me redressai d'un coup, les larmes aux yeux.
Je redescendis quatre à quatre les marches.

Je me servis dans la cuisine un bol de lait.

Je m'assis dans le salon, devant le poêle, et je compris soudain le sens de ce que j'avais vu.

Soit maman croyait enlacer mon père.
Soit elle s'accouplait avec un fantôme.

Ces deux possibilités me donnaient la chair de poule.

***

Quand maman revint du grenier, elle était tout aussi morne et muette que d'habitude.

Elle gagna le salon, s'assit dans une bergère, et fit mine d'observer le parquet.

Je suis resté une heure près du poêle, sans bouger. Maman ne posa pas le regard sur moi, pas une seule fois. Tout juste me dit-elle :

« Tu es grand, maintenant. Fais-toi cuire des pâtes si tu as faim. »

Je me levai, chaussai mes bottes, enfilai mon anorak, mes gants, mon bonnet, nouai mon écharpe autour du cou, et partis dans les champs, non sans avoir claqué la porte de la maison.

***

Je pris la direction de Saint-Sornin. Le faucon porte-bonheur, par intermittence, volait au-dessus de moi. La neige, compacte, s'ingéniait à me ralentir.

Je vis un cadavre de mulot mais ne trouvai pas de pierre assez large pour l'écraser. Autour d'un noyer, plusieurs empreintes s'entremêlaient : celles d'une biche ou d'un faon, et celles d'un chien puissant. Les traces, incohérentes, s'éloignaient de l'arbre, puis mouraient soudain, effacées par la neige. Des taches de sang, comme des nuages noirs, assombrissaient le sol. Une joie mauvaise me parcourut. Je pressai le pas.

Je connaissais par cœur les raccourcis qui menaient au village. En quarante minutes, j'atteignis ses abords.

Je me demandai s'il ne valait pas mieux rebrousser chemin.

Un cri de bête, âpre, émouvant, me fit tourner la tête vers une colline gorgée de soleil. Je crus discerner une silhouette sur la colline. Ses contours se précisèrent. Il s'agissait d'un loup, dont la fourrure, plus blanche que neige, m'aveuglait.

Le loup m'observa un instant. Ses yeux brillaient comme des calots de plomb.

L'animal m'a souri, ou bien a-t-il montré ses crocs ? J'étais émerveillé… Puis il s'en est allé. Sa patte antérieure gauche boitait.

***

Il n'y avait personne dans les rues de Saint-Sornin. Le village, bâti le long d'une pente, s'accordait mal avec l'hiver. Je faillis glisser quatre ou cinq fois sur le trottoir.

Je me suis arrêté devant la statue du poilu.
J'ai murmuré ces mots :

« Papa, je n'en peux plus. Je suis à bout de force. Pourtant, j'essaie de rester droit. Mais je ne sais plus comment faire. Aide-moi, je t'en supplie ! Demande au loup de venir à moi, de me prendre sous son aile. Et tâche de me pardonner, si tu le peux… »

J'ai levé la tête. Nulle trace du faucon.

Je me suis alors caché dans l'ombre d'un mur, en face de l'épicerie.

Puis j'ai attendu…

***

Je crevais de froid lorsque l'Alphonse daigna sortir de l'épicerie. Je fis trois pas dans sa direction.

« Tiens, fiston, comment va ? me dit-il.

— Bien. Merci.

— Bonne journée, petit !

Je courus derrière lui.

— Quoi, fiston ?

— Je… monsieur… je ne voudrais pas vous embêter, mais…

— Vite, je suis pressé !

— Je… Vous avez connu mon père jeune, et… j'aimerais que vous me parliez de lui… si ça ne vous gêne pas.

— Pouh… je n'ai pas le temps, là…

— Plus tard, quand vous voudrez !

L'Alphonse, perplexe, réfléchit trois secondes, avant de me lancer :

— Non, je ne sais rien sur lui. Rien qui vaille vraiment la peine… Demande à ta mère, au lieu de m'enquiquiner ! Va, fiston, rentre chez toi ! »

L'homme s'éloigna, titubant sous l'effet de l'alcool. Quand il fut à vingt mètres de moi, je lui criai : « Crève, ordure ! » puis m'enfuis à toutes jambes.

***

Sur le chemin du retour, je ne vis pas le loup blanc, malgré mon désir de le croiser. Les joues commençaient à me brûler, je ralentis le pas. Ma gorge était douce, puis se transformait en oursin, puis redevenait douce. Étrange…

Je faillis m'allonger près du mulot mort, dans la neige molle.

Personne, ici, ne m'aimait.

J'étais seul au monde.

J'aurais voulu me saisir d'une dague, et la planter tout au fond de mon cœur.

Ma mère, face à mon cadavre, aurait su dans l'instant si elle m'aimait encore…

Elle l'aurait su trop tard.
Tant pis pour elle !

Je pouvais aussi planter la dague au fond de son cœur, et la punir de son indifférence. Oui, je pouvais…

***

À la maison, je pris deux cachets d'aspirine dans le sac de maman. Je les avalai d'un coup, puis me préparai un bol d'eau chaude, auquel j'ajoutai du miel et le jus d'un citron. Ce n'était pas mauvais.

Je partis m'allonger dans ma chambre. Maman dormait dans le salon, comme elle faisait, chaque jour, avant le goûter.

Je ne voulais pas tomber malade, mais j'avais sommeil.

Avant de m'endormir, j'ai inventé, dans ma tête, une ritournelle.

À mon réveil, il faisait nuit. Tenaillé par la faim, j'ai quitté ma chambre. La tête me tournait. J'étais fébrile et cependant béat. J'avais l'impression de flotter au-dessus du sol, alors que mes pieds traînaient contre le parquet. Maman dormait dans son grand lit. J'entendais ses ronflements depuis la cuisine. De la soupe à l'oignon fumait dans une soupière. J'en ai bu deux grands bols, et j'ai sali mon col de chemise.

Il était à peine vingt heures.

Maman avait oublié de fermer les volets de la maison. Je le fis à sa place, fenêtre après fenêtre, et finis par celle de sa chambre. Rien ne pouvait rompre son sommeil. Aussi, j'ai poussé huit fois de suite, à grand fracas, le loquet intérieur des volets. Son visage ne frémit pas une seconde, pas un millième de seconde. Elle gisait, inexpressive, sous les six couvertures dont elle aimait à se couvrir. Un peu de bave coulait le long de son cou. Ses cheveux m'évoquaient une serpillière.

Figé devant son lit, je l'observais avec froideur.

Je me mentais à moi-même. Elle n'était pas si laide, ma mère !

Elle ressemblait à un ange.
Hélas.

***

Soudain, tout en dormant, maman s'exprima.

Feignait-elle le sommeil ? À vrai dire, je m'interroge encore.

En revanche, je n'ai pas oublié ses paroles.

Les yeux clos, la respiration heurtée, d'une voix semblable à celle d'un orque, elle cria dans la nuit :

« Il a causé notre perte ! Tu le sais bien, Guillaume ! Jamais, nous n'aurions jamais dû l'avoir ! »

Puis, elle ronfla de plus belle.

Je suis sorti. Sans un bruit, j'ai refermé la porte de la chambre, certain qu'elle venait de parler de moi.

***

J'étais énervé, sans plus. La colère, ce soir-là, mourait vite en moi. La fièvre avait baissé, laissant place à une morsure au goût douceâtre. Celle-ci picotait l'épiderme et lissait mes joues. La fatigue, jointe à l'euphorie, me rendait invincible.

Je décidai de sortir, pour me débarrasser de ma corvée nocturne.

Je me vêtis chaudement, puis m'en allai sans lampe de poche. La nuit était si claire qu'on devinait les champs, la ligne des collines, et les contours, indécis, de la masure de la sorcière…

Je n'ai pas marché dans le bois des Morts-Vivants. Non. Je me suis dirigé vers l'antre de la sorcière. Une vague odeur de vanille m'y attirait. Mon père sentait le sel et la vanille.

« Papa ? » dis-je en marchant.

Puis, je trébuchai sur une pierre, et faillis chuter. Je souris, tandis que mon faucon riait, juste au-dessus de mon épaule.

Le rire d'un rapace est semblable au grincement d'une serrure, en plus grave. Il glace le sang tout en émoustillant.

Je repris ma promenade, à l'affût.

Quelque chose allait se produire. Je le savais. Quelque chose de fortuit… L'étranglement d'un boa, l'assaut d'un tigre… le baiser d'une amoureuse ?

***

Je m'arrêtai à cinquante mètres de la masure. La lune illuminait la cour, faisait d'elle un étang bleuté. J'en eus le souffle coupé. Des ombres dansaient devant la façade abîmée, tels des pantins de bois. Les ombres, à y regarder de plus près, ne dansaient pas mais se battaient, usant de mouvements brusques et lestes à la fois. Elles semblaient surgir des murs du bâtiment, donner deux ou trois coups, puis se fondre de nouveau dans la façade argentée. Parfois, les ombres grognaient. Des grognements feutrés, puis forts, empreints de cruauté, de sorte que mon faucon s'enfuit, effrayé par la violence du lieu.

Je n'avais cessé d'avancer, fasciné par le théâtre des ombres.

Des bruits sourds, métalliques, me firent saisir ce qui se tramait là. Quelques bêtes sauvages (renards, chiens, loups ?) se disputaient les os de la sorcière, ceux qu'elle avait jetés dans le seau, devant la porte de sa maison.

La vanille, mâtinée de sueur, était de plus en plus âpre.

« Papa ? » dis-je en un murmure.

Alors, tout se précipita.

Les bêtes, prises de folie, se jetèrent les unes sur les autres. Elles étaient quatre, je crois. L'une d'elles triomphait. À grands coups de griffes, elle arrachait la peau de ses rivales, et mordait leur chair à pleines dents. Caché derrière le muret de la cour, je respirais à peine. Un morceau de fourrure atterrit sur la paume de ma main gauche. Je sentis, le long des poils rêches, un liquide visqueux. Du sang de renard ?

Avais-je peur ?

J'étais envoûté par le spectacle.

En pensée, je me voyais combattre avec les bêtes. En vérité, je créais des images à partir des sons qui me parvenaient.

Il faisait nuit noire à présent.

Je fermai les paupières, et crus reconnaître la plus grande, la plus féroce des bêtes. Il s'agissait du loup blanc de Saint-Sornin.

La tête me tourna, je m'évanouis.

***

Combien de secondes ai-je perdu connaissance ? Quarante, cinquante ? Une minute ?

Quand je revins à moi, j'étais étendu sur la neige, devant le muret de la cour. Le froid n'avait pas figé le tissu de mon anorak, souple, exempt d'humidité. Je me levai, les narines frémissantes. L'odeur de vanille, omniprésente, me donna la nausée.

Je ne vomis pas.

Les bêtes avaient pris la fuite. La masure semblait morte. Aucune lumière ne perçait derrière ses volets clos.

Je sentis, dans le creux de ma paume, le morceau de fourrure, ensanglanté, que j'avais ramassé. Je le mis dans ma poche, et rebroussai chemin.

J'étais si las que les bruits de pas, le souffle du monstre, à côté de moi, ne me troublèrent en rien.

Je parvins vite à la maison, bus du jus d'orange, et me couchai.

***

Un bruit d'eau gazeuse m'éveilla. Je bâillai, puis allumai la lampe de chevet. Malgré la fatigue, je me sentais dispos. Le mal de gorge, la fièvre, le vertige, s'étaient évaporés. Je me redressai dans mon lit. Sur la table de nuit, ma montre indiquait une heure dix. Le bruit reprit de plus belle. Il ne s'agissait pas d'eau gazeuse mais de grattements, plus ou moins brefs, sur la face extérieure des volets.

Je me suis levé, j'ai marché vers la fenêtre. J'ai mis l'oreille contre la vitre de gauche, fêlée. Les grattements se firent plus doux, plus insistants. Ils s'accompagnaient d'une respiration grave et comme enrouée. Mon cœur battit si fort, mes mains tremblèrent tant que je crus m'évanouir une seconde fois. Je parvins à me calmer, bercé par le rythme des frottements.

J'ouvris la fenêtre et chuchotai :

« Que voulez-vous ?

Pour toute réponse, l'autre gémit, telle une bête aux abois.

— Vous êtes un loup ?

Il rit à mi-voix, puis cessa de gratter.

— J'ai soif », murmura-t-il.

Devais-je trembler ?
Je vivais dans une « demeure bénite », non ?

J'ouvris la fenêtre et les volets.

***

Il sauta dans la chambre, et retomba, léger, sur le plancher. C'était un géant, que sa maigreur allongeait encore. Vêtu d'un costume sale, chaussé de bottes, les ongles longs et noirs, il se tint droit devant moi, puis repoussa, délicatement, la fenêtre.

« Tu pourrais prendre froid », dit-il.

Son visage, ovale, aurait pu m'effrayer. Tout y saillait. La peau semblait plaquée sur les os ; rien n'était plein, ni les joues, ni les lèvres, ni le menton. La chevelure, opulente, était d'un blanc précoce. La bouche, aussi fine qu'un fil de soie, laissait voir une denture de carnassier. Les yeux de l'homme, gris pâle, m'observaient avec fixité. Malgré sa crasse, il dégageait une impression de noblesse… et de férocité. Une espèce de sourire (sans doute un rictus) tordait sa lèvre inférieure et donnait envie de fuir. Il s'ébroua comme un épagneul, agita le visage de sorte que mille poussières jaillirent de lui. Une flaque d'eau souillée (neige et boue) entourait ses pieds, démesurés.

Quel âge avait-il ? Trente ans ? Cinquante ans ? Soixante ans ?

Il posa la main sur mon épaule et m'agrippa fort. Je frémis de douleur.

« J'ai soif, dit-il de nouveau.

Il relâcha son étreinte. Je partis lui chercher un verre d'eau, qu'il but avec avidité.

— Encore », fit-il.

Je courus dans la cuisine, emplis un pichet d'eau, vins le lui tendre. Il but à même le pichet, fit couler de l'eau sur son costume. Il sentait mauvais. Crasse, urine, sang, sueur, enrobés d'un parfum terreux.

L'homme avait l'odeur du bois des Morts-Vivants.

« Rends-moi la peau, dit-il.

— Pardon, monsieur ?

— La peau du renard. Celle que tu m'as volée. Elle est à moi, je l'ai gagnée. »

L'étranger me parlait du morceau de fourrure.

Je me suis précipité sur mon anorak, jeté dans l'entrée. Je l'ai fouillé de fond en comble, les mains tremblantes. Et j'ai fini par trouver, dans une poche, ce que l'homme voulait.

« Tenez, monsieur », lui dis-je, de retour dans la chambre.

Il prit le morceau de fourrure, l'avala sans le mâcher, soupira d'aise. Il se saisit alors d'une des couvertures de mon lit, la mit sur ses épaules, et partit dans la nuit, sans un merci.

L'homme boitait.

Je refermai les volets, la fenêtre, et m'accroupis sur le parquet. Ma chambre empestait la terre. J'éclatai en sanglots.

***

Je finis par me rendormir au petit matin, rêvant de loups et de reine des glaces.

Maman me caressa le front, penchée sur mon lit.

« Alors, Souriceau, bien dormi ?

Elle avait sa voix des bons jours. Elle ouvrit grand la fenêtre.

— J'aère, mon chéri. Ça sent le fauve, ici !

— Tu vas mieux, maman ?

— Quoi ! Je vais mieux ? Que cherches-tu à me dire ?

Elle ouvrit les volets.

— Oh, fit-elle, on dirait du sang !

— Ah !

— Là, sur le rebord de la fenêtre. Tu t'es blessé, Adrien ?

— Non, maman.

— Mais tu as dormi comme un loir ! Il est quinze heures, je m'inquiétais !

Puis elle revint m'embrasser.

— Qu'as-tu fait de la couverture grise ? Et toute cette boue, sur le parquet ? Bah, peu importe… Je t'ai préparé du porridge et des toasts au cantal !

Je n'avais pas faim, mais je mimai la joie, pour garder ma mère intacte.

— Miam miam !, dis-je d'une voix de petit enfant.

Elle m'offrit son plus beau sourire.

— Nous allons être heureux, tu verras ! » me glissa-t-elle à l'oreille.

Je fis semblant de la croire.

***

Durant deux heures, maman ne me quitta pas d'un pouce. On aurait cru que je sortais du coma, qu'elle me retrouvait après des mois d'exil ! Nerveuse, elle s'inquiétait du moindre de mes désirs et l'exauçait dans l'instant. Ses mains se perdaient en caresses le long de mon visage. Ses paroles étaient si tendres, si consolantes qu'elles en devenaient irréelles.

Je savais que cet excès d'amour ne tiendrait pas longtemps. Je me laissais cajoler comme un chiot. J'essayais de ne plus songer au monstre, qui, la nuit passée, m'avait rendu visite. J'éloignais de mon esprit la lutte à mort des bêtes féroces. Je tâchais de me réjouir de la bonté retrouvée de maman, des marques tangibles de son affection.

Naturellement, cela dura le temps d'un souffle.

« Tu m'agaces, Adrien ! dit-elle soudain. Quel pot de colle tu fais ! »

Je ne lui en ai pas voulu. Je l'ai embrassée, tandis que la frénésie s'emparait d'elle. Surexcitée, ma mère se lança dans le lavage des sols.

Je m'éclipsai.

***

Il avait neigé durant la matinée. Je ne trouvai nulle trace du monstre, autour de la maison. Rien sous la fenêtre de ma chambre. Rien à l'orée du bois des Morts-Vivants. Rien le long du sentier qui menait chez la sorcière. Le vent, la neige avaient tout effacé. Pourtant, cela crevait les yeux : le loup de Saint-Sornin s'était métamorphosé en homme, afin de récupérer le fragment de peau d'une de ses victimes.

Il aurait pu me tuer deux fois. D'abord à l'instant où j'avais perdu conscience, derrière le muret. Puis plus tard, dans ma chambre.

Il n'en avait rien fait.

Pourquoi ?

Les événements s'étaient enchaînés si vite, la violence avait frappé si fort, si soudainement, que j'en étais resté sans voix, comme au sortir d'un cauchemar. Cependant, je ne sortais pas d'un cauchemar, puisque tout avait eu lieu, y compris le plaisir, intense, éprouvé face à l'horreur.

Je savais que personne, sur terre, ne me croirait. Personne ?

La sorcière, qu'en dirait-elle ?

***

Devant la maison de madame Clisson, je me suis agenouillé, non pour prier mais pour observer le seau, vide à présent, qui avait regorgé d'os. Une griffure perçait le métal de bas en haut. Le fer-blanc sentait l'urine. Je me redressai, puis découvris, sur le rebord d'une fenêtre, un grand pot de verre, empli de poils bruns, grisâtres, et blancs, d'un blanc semblable à celui des cheveux du monstre. La sorcière, me dis-je, avait sans doute balayé la cour après la bataille, puis jeté les poils des bêtes sauvages dans le pot de verre.

J'allais rebrousser chemin quand s'ouvrit la porte de la masure.

« Alors, me dit la vieille, on farfouille ?

— Euh… non… Pardon, madame…

— On ne farfouille pas ? C'est vrai, ce mensonge ?

— Bah… je… je me demandais… Vous avez mis quoi, dans ce pot ?

— À ton avis ?

— Des poils de renard, de chien, de…

— De quoi, Bibelot ? Parle.

— … De loup ?

— Pourquoi m'interroger si tu sais ?

— Vraiment, de loup ?

— Oui. Regarde.

Je collai mon visage contre la paroi du pot.

— Là, dit la sorcière, sur ta gauche !

Les poils semblaient frémir.

— La fourrure ivoire, poursuivit-elle, appartient à un grand loup venu des pays froids. La nuit dernière, il a volé mes os pour s'en faire une couche. Il a blessé à mort un renard et deux chiens errants.

— Vous en êtes sûre ?

— Ne m'insulte pas, Bibelot ! Rien ne m'échappe, ici. L'animal, vois-tu, dépèce les veaux, les moutons, les chèvres, par désœuvrement. C'est un mélancolique, notre loup blanc, doublé d'un meurtrier. Certains humains ont le goût du sang. Pareil pour les bêtes ! Mais tu sais de quoi je parle ?

— Non, balbutiai-je. Non !

— Va, je ne te blâme pas ! Chacun ses petits plaisirs, néanmoins…

— Oui ?

— Rapproche-toi, veux-tu ?

Je fis trois pas vers la sorcière, qui se pencha vers moi, prête à me croquer les joues.

— Adrien, murmura-t-elle, je laisserai le pot dehors. Une semaine à compter d'aujourd'hui. Puis, je dissoudrai les poils dans une décoction laiteuse. J'en ferai de la purée froide et la marquerai du signe du loup.

— Ah !

— Ouvre grand tes oreilles, à présent !

Je me demandai ce qu'elle allait me dire.

— Si le goût du sang te monte à la gorge, reprit-elle, s'il te rend malade un jour, viens me trouver. Ma décoction te guérira.

Je gardai le silence, ému par la bonté, même étrange, de la sorcière.

— Maintenant pars ! Trace ta route, et prends garde au lombric !

— Ah ! fis-je. Et ça veut dire quoi ?

— Rien, Bibelot ! Juste une phrase idiote, que j'aime à répéter pour embrouiller les gens !

Pensive, elle eut le regard d'un lézard, et se gratta le front. J'en profitai pour lui demander, docte et faussement calme :

— Selon vous, madame, les loups blancs peuvent-ils, après minuit, se transformer en humains ?

— Pardon ?, s'étrangla-t-elle.

— Vous m'avez bien entendu.

La sorcière leva les yeux au ciel, et me lança, hilare :

— Blanche-Neige a épousé le Père Noël, tant qu'on y est ! Fiche-moi le camp, au lieu de radoter comme un vieux débris ! »

Elle rentra chez elle, à deux doigts du fou rire, marmottant des insanités sur les lombrics et les loups-garous.

***

Je restai les bras ballants, troublé par cette histoire de décoction.

La sorcière savait tant de choses à mon propos ! Moi-même, la veille encore, je n'avais aucune idée du tourbillon qui allait me saisir. Comment aurais-je pu prédire la lutte des bêtes sauvages, et ma joie coupable à les voir s'entre-tuer ? J'ignorais alors qu'un fragment de fourrure, lové dans le creux d'une main, pouvait rendre heureux ! J'ignorais que l'odeur du sang, aigre et sucrée, me hanterait si vite !

Le monstre, au milieu de la nuit, m'avait tiré du sommeil, me subjuguant par sa froideur et sa délicatesse. À peine entré dans ma chambre, il avait repoussé la fenêtre derrière lui, puis m'avait dit : « Tu pourrais prendre froid. »

Pour l'heure, j'étais fasciné par les poils du loup, prisonniers du pot de verre, et qui miroitaient dans la lumière…

***

Bizarrement, j'ai songé à mon père.

Ivre, un soir d'hiver, il avait brisé, sur ma tête, un tableau qu'il aimait. La toile, une œuvre naïve, représentait Charles le Téméraire, face contre terre, couché sur un lit d'orties. Mort.

Autour de sa dépouille, des loups l'observaient, prêts à le dévorer.

Bouleversé par son geste, papa m'avait demandé pardon.

Je m'étais senti coupable de son état.

***

Je finis par quitter la cour, et courus vers le bois des Morts-Vivants.

Le soleil déclinait. L'écorce des chênes ressemblait à la peau, farcie de boue, de certains caïmans : j'étais entouré de reptiles géants, dressés sur leurs pattes, à l'affût du moindre de mes mouvements ! Les branches des arbres, les plus hautes, celles qui fendaient le ciel, se mirent à carillonner, comme si elles pépiaient, comme si elles disaient du mal de moi. Je ne tremblais pas car le monstre me protégeait. Invisible, il errait dans les parages.

Ce lieu triste était son royaume.

J'appartenais au royaume, adoubé par l'homme-loup. Il m'avait délesté du chagrin qui m'oppressait depuis un an. C'était une sensation curieuse, et si nouvelle qu'elle me coupait les jambes.

Or, si mon chagrin mourait, que ferais-je de celui de maman ?

Que ferais-je, en vérité, de maman ?

***

Soudain, mes jambes reprirent de la vigueur. Mon esprit s'éclaircit, la faim s'empara de moi. Je me suis mis à courir à travers le bois, comme un fou furieux, comme une bête enragée. Les yeux clos, je courais sans peine, évitant les troncs d'arbres, les souches, les buissons périlleux. Mes pieds ne glissaient pas sur la terre glacée, ne s'enfonçaient pas dans la neige, mais frôlaient la surface du sol.

Bientôt, j'eus l'impression de voler, d'être un rapace, petit mais plein d'une vie cruelle. Chacun de mes battements d'ailes créait un typhon, tuait mille hommes et cent mille animaux ! Chaque fois que je respirais, j'asphyxiais une montagne !

Je découvrais ma nouvelle famille. Je ressentais l'obligation de faire corps avec le bois des Morts-Vivants : tout se fondait en moi, j'étais un éclat de mousse, une poignée de terre, un oiseau fantôme… Et je sus, comme une révélation, que j'avais répudié mes parents, qu'il n'y avait plus de place, ici, pour eux.

Donc, ils n'existaient plus.
Tous deux gisaient six pieds sous terre.

Auprès d'eux, l'amour impur.

Et moi, graine d'esprit malin, futur homme-loup, je n'étais plus des leurs. J'avais perdu mon âme, broyé mon cœur, asséché mes veines. Dorénavant, je ferai souffrir les autres, et, de ce fait, ne souffrirai plus.

***

Le temps d'un souffle, j'ai couru, les yeux clos, dans le bois des Morts-Vivants. Doué de pouvoirs magiques, je me crus libéré du monde et de sa grisaille.

Puis, je me suis cogné la tête contre un chêne, et j'ai chuté sur le sol.

Mon front saignait.

Je n'étais qu'un petit garçon de neuf ans, méchant peut-être, mais aussi fragile qu'un bibelot. Ma peau se fendillait au moindre choc. La douleur faisait poindre mes larmes.

Mon pays n'avait rien à voir avec le bois des Morts-Vivants. C'était une région aride où la solitude régnait.

Je n'avais qu'à m'y faire !

***

Sur le chemin du retour, j'ai découvert l'horreur. Quelqu'un avait détruit les amas de pierre bâtis par mon père.

J'y vis le signe de la mort.

Et je fis un serment : si maman, ce soir, n'était pas aimante, je me suiciderais.

Ce soir-là, maman s'enferma dans le grenier. Je ne fis que l'entrevoir, le temps pour elle de boire un verre de vin, puis d'aller se coucher, l'air hagard.

Quand elle ronfla, je montai à mon tour dans le grenier.

L'autel à la gloire de mon père avait disparu. Ses objets fétiches encombraient une poubelle. Des dizaines de mouchoirs, froissés, jonchaient le sol. Des feuilles, noircies, raturées, formaient une pile sur le bureau. L'écriture de ma mère y apparaissait obscure, parsemée de signes cabalistiques. Cependant, je trouvai, sur une commode, une feuille lisible. On eût dit un devoir d'école tant maman s'était appliquée. Je lus le devoir avec résignation.

Ma mère évoquait un rêve récurrent.

***

« Dans mon rêve, écrivait-elle, il y avait un singe femelle, appelé Murasaki.

Murasaki désirait un petit et fit ce qu'il fallait. Bientôt, son ventre enfla, plein d'une vie nouvelle, d'un astre en gestation. Le temps courait sans qu'on y prît garde… L'hiver blanchit les collines, durcit l'eau des étangs, l'hiver surprit les bêtes. Murasaki, sérénité replète, alla sous un pêcher pour y travailler seule. Vingt longues heures, elle s'accroupit dans son désir d'enfanter, mais rien ne vint, rien qu'une masse pesant dans ses entrailles, rien qu'un gros caillou peureux devant la vie. Puis, sans prévenir, un petit singe glissa d'entre ses jambes. Avec délicatesse, elle le prit, le berça, lécha son fin duvet. En pure perte : il était mort ! Alors, elle pleura et trancha le cordon d'un coup de canines. Il flottait sur l'étang, le bébé singe, il était comme un morceau de bois, tendre et pourtant si dur. Murasaki le suivit des yeux, tandis qu'il sombrait, là où l'onde bouillonne… Devait-elle rire ou devait-elle pleurer ?

Dans l'eau rougie de mon rêve, j'aperçus le visage du petit cadavre… C'était le mien. »

***

Je reposai la feuille sur la commode, quittai le grenier, redescendis. Je trouvai une corde épaisse dans la buanderie, testai sa solidité, puis la nouai, tant bien que mal, de sorte que ma tête pouvait passer dedans.

Je me suis vêtu de mon anorak, l'esprit vide. La chaleur emplissait la maison. J'ai fermé les volets pour empêcher l'homme-loup d'importuner maman. Je n'ai pas mis d'écharpe. J'ai écrit quelques mots sur un bout de papier.

« Je suis trop petit, maman. Pardonne-moi. »

Muni de la corde et d'une lampe de poche, j'ai laissé derrière moi la maison bénite.

Je suis entré dans la nuit.

***

La corde autour du cou, j'ai marché vers le bois des Morts-Vivants. Le froid ne m'atteignait plus. Le vent me glissait dessus, la nuit s'écartait sur mon passage. Bientôt, j'éteignis la lampe de poche et la rangeai dans l'anorak. J'avais l'impression d'être en pleine lumière. Je percevais les battements d'ailes du faucon, ses cris de panique, l'emballement de son cœur. J'étais d'un calme olympien. Mon corps agissait par automatisme. Je marchais vers le bois sans éprouver de peur. J'étais comme détaché de moi-même, et pris dans un engrenage qui me dictait sa loi.

Le faucon porte-bonheur vola soudain vers moi, désireux de m'arracher les yeux. D'un revers de main, je lui fis perdre l'équilibre. Il s'écrasa contre un chêne et mourut sur le coup.

Je pénétrai dans le bois.

***

Tant bien que mal, je parvins à fixer la corde autour d'une branche. Mais le nœud, maintenant trop haut, m'était inaccessible. En me hissant sur la pointe des pieds, je pouvais à peine y glisser mon front. Je trouvai trois pierres, les empilai, puis montai dessus. Un tel socle, instable, m'obligeait à utiliser mes bras comme balancier. Je m'y pris à deux fois pour mettre la tête à l'intérieur du nœud.

Tout se précipita. Je perdis l'équilibre, la caillasse du haut roula. Mes pieds se débattirent, d'abord sur une des pierres, puis dans le vide. Le nœud se resserrait, la corde crissait. J'avais un collier d'orties autour du cou. Je me sentis soulevé vers le ciel, tenu par un hameçon géant. Mes chevilles, mes orteils, le bout de mes doigts m'élancèrent. Je tâchais de respirer mais une chape de plomb m'obstruait la gorge. J'étais en train d'étouffer.

La terreur, soudain, m'envahit. Le sang, dans mon cerveau, galopait à une vitesse folle. Je crus voir l'ombre de la Mort.

« Maman… », dis-je en moi-même.

***

L'ombre s'approcha de moi, si près que son haleine me fit trembler. Ce n'était pas une ombre mais l'homme-loup. D'un coup de poignard, il trancha la corde.

Je tombai sur le sol, groggy, ne sachant plus si je rêvais ou non.

Le monstre s'agenouilla, me donna deux gifles, et me mit debout.

« Viens ! » dit-il.

Je parvins à faire trois pas, les jambes flageolantes. L'homme, déjà, s'en allait dans la nuit.

Je courus sans réfléchir et vins à sa hauteur. Il sentait la mousse et le sang.

« Bien », dit-il.

Pour chacun de ses pas, je devais en faire trois. Je mis toute mon ardeur à suivre son rythme. J'ignorais où nous allions.

Au loin, une bête hurla. L'homme-loup, sans un mot, prit ma main dans la sienne.

Je n'étais plus seul au monde.

Nous avons marché longtemps, je crois. Le monstre fendait la nuit comme s'il y voyait clair. Sa main broyait la mienne, j'étais heureux. Je sentais encore la pression de la corde sur mon cou. La gorge me brûlait, ma tête grésillait. Des taches vermillon, d'autres couleur argent naissaient devant mes yeux. Séquelles passagères de ma pendaison ratée.

L'homme était silencieux. Son corps avait tout d'un spectre, à peine doté de chair. Je me demandais si, par miracle, son visage n'était pas celui de mon père. J'avais beau, de temps à autre, lever les yeux vers l'homme-loup, je ne voyais pas au-delà de ses épaules, qui se confondaient avec la nuit.

Nous avons quitté le bois des Morts-Vivants.

J'étais confiant.

***

Dans un champ, nous avons surpris des rongeurs, qui se figèrent. Ils paraissaient imposants, plus dodus que des ragondins. Sans doute étaient-ils deux, trois dans le pire des cas. Le fait de les sentir, et non de les voir, accroissait leur nombre en mon esprit. Je ne pus m'empêcher de frémir. Je voulais les contourner, tout en souhaitant, secrètement, que le monstre les dévore. J'eus l'espoir fou d'assister à la métamorphose de l'homme en loup. Sa férocité, pensais-je, était le meilleur garant de ma survie ! S'il pouvait égorger mes ennemis, vaincre le monde hostile, alors je connaîtrais la quiétude. Alors, je saurais jeter ma mère aux oubliettes, et ne plus rêver de mon père…

L'homme ne devint pas un loup. Mais il se mit à grincer des dents. Les rongeurs détalèrent dans la seconde.

***

Nous avons suivi un sentier parsemé de ronces. Pour la première fois depuis un an, je me sentais fort. Malgré l'apparition de la fatigue, ma tristesse avait disparu. De même, tout sentiment de culpabilité.

Je marchais à côté du monstre.
La nuit m'enveloppait.
Les ronces fouettaient mes joues.

L'homme-loup m'avait sauvé, donc choisi. J'avais désiré sa venue. Mon destin lui appartenait. Grâce à lui, je redevenais un enfant, libéré d'obligations qui n'étaient pas de mon âge.

« On y est presque, murmura-t-il.

— Ah ! » fis-je, émerveillé, tandis que le sommeil s'emparait de moi.

***

C'était une ancienne bergerie, dont les murs menaçaient ruine. Au bas d'une colline, elle semblait à l'abandon. Le monstre y avait élu domicile. Je luttais pour garder les yeux ouverts.

D'un coup de coude, il a poussé la porte, et nous sommes entrés dans sa demeure. Il m'a dirigé vers une chaise, m'a fait m'asseoir, puis a allumé une lampe à pétrole.

La pièce était spartiate. Une table, une chaise, une paillasse. Des vêtements en vrac, deux ou trois livres, quelques ustensiles de cuisine. Rien de singulier, hormis les planches de bois, disparates, clouées maladroitement sur les murs, et sur l'embrasure des fenêtres. En fait, il y avait trois épaisseurs de planches, lesquelles créaient un lambris.

Le froid n'était pas vif.
Je ne pus m'empêcher de bâiller.

« Tu as sommeil, petit ?

— Oui, monsieur.

L'homme-loup désigna la paillasse. J'ignorais si je devais me dévêtir, si j'allais disposer d'un pyjama. Je n'osai faire un geste.

— Retire tes bottes, ça ira, me dit-il.

Je me déchaussai, puis me jetai sur la paillasse, tout habillé. Le monstre étendit sur moi la couverture qu'il avait prise dans ma chambre. Une seconde, il étudia mon visage, esquissa un sourire, et murmura :

— Dors bien, Vlad.

Je lui souris en retour. J'aimais bien ce mot, Vlad, et le répétai quatre ou cinq fois.

« Vlad, Vlad… Vlad, Vlad… »

Il mit un doigt sur ma bouche.

— Dors, petit ! »

La rudesse de sa voix me rassura. J'y vis la tendresse énervée d'un magicien. Je m'endormis.

***

« Dors bien, Vlad. »

À l'aube, le monstre m'éveilla.

« Viens ! » dit-il.

Je mis mes bottes et le suivis dehors. Nous étions dans une vallée miniature, entourés de buttes. Un entrelacs de lierre, de fougères, de ronces, recouvrait la bergerie, de sorte qu'on ne pouvait la voir à moins de dévaler une des buttes. Le soleil surplombait la vallée sans y pénétrer. L'homme vivait dans une crevasse et devait lever les yeux pour surprendre un bout de ciel. La neige, alentour, était comme un linceul. Ici régnait la mort ou l'idée de la mort. Il m'apparut qu'aucun être vivant ne pouvait souhaiter descendre au fond de ce trou. Du reste, les bruits de la nature ne nous parvenaient guère, ou alors embrumés, comme issus d'un rêve.

À mes pieds, je vis un amas de pierres, semblable à ceux de mon père. Je le montrai du doigt.

« C'est beau, fit-il.

L'homme-loup m'observa, puis rentra dans la bergerie.

— Reste là !, m'ordonna-t-il.

Il revint, tenant un pull-over à la main, rouge et crasseux. D'un geste sec, il déchira le pull.

— Ton cou, petit ? Ça va comment ?

— Bien, dis-je, tout en prenant conscience d'une douleur aiguë.

L'homme fit une écharpe de l'avant du pull, qu'il noua autour de ma nuque. J'eus la sensation de porter une rivière de sang.

— Vous êtes un loup, monsieur ?, demandai-je alors.

— Oui, peut-être… à ma façon.

— Vous tuez des bêtes ?

— Ça m'arrive.

— Des gens ?

— Pardon ?

— Vous tuez des gens ?

— Oui, petit.

— Des hommes ? Des femmes ?

— Ça dépend.

— Ah ! De quoi ?

— Va savoir ! De mon humeur, sans doute.

— Et les enfants ? Vous en tuez, monsieur ?

— Non.

— Pourquoi ?

— Manque d'envie.

Je me suis demandé s'il venait de mentir pour m'amadouer. Puis, je compris qu'il m'avait dit la vérité. Jamais il ne me blesserait, cela crevait les yeux !

— Vous tuez le jour ou la nuit, monsieur ?

— La nuit.

Les réponses de l'homme m'enivraient. J'eus l'impression de soudain vivre au cœur d'une légende. Une douce euphorie s'emparait de moi.

— … Ça te convient, petit ?

— Oui, je crois.

Il me scruta de ses grands yeux vides, et me dit :

— Allez, Vlad, suis-moi ! »

Je lui pris la main.

***

Nous avons escaladé une des buttes.

Nous avons marché dans la neige.

Au pied d'un chêne, un moineau grelottait. L'homme-loup se saisit de l'oiseau, serra sa tête entre le pouce et l'index de sa main droite, et l'étrangla. Ça fit le bruit du feu, quand les premières bûches crépitent.

D'une pichenette, il jeta le cadavre au loin.

Plus tard, nous nous sommes cachés derrière un arbre, afin d'épier la sorcière qui vadrouillait.

Nous sommes repartis, l'un près de l'autre, tel un père et son fils aimant.

S'il me l'avait demandé, ce matin-là, je me serais enfoui sous la neige ! S'il me l'avait demandé, j'aurais sauté du haut d'un chêne ! S'il l'avait voulu, j'aurais couru des heures durant, la nuit, le jour, puis à nouveau la nuit ! J'aurais couru sous des trombes de pluie, sous des giboulées de sang… J'aurais couru comme savent courir les athlètes, les bêtes sauvages, et tous ceux qui ont commis un crime.

***

Nous avons traîné dans le bois des Morts-Vivants. Nous retardions l'instant de nous séparer. Le monstre ne disait mot. Le vent s'enroulait autour des chênes et montait jusqu'à leur cime. Une chaleur humide, un sirop tiède enveloppaient ma gorge. Il semblait que ma tête, séparée de mon cou, flottait dans les airs. J'étais scindé en deux, ça m'amusait. Puis, la pression de la main de l'homme se fit plus forte, et je sentis mon corps, entier, depuis les ongles des orteils jusqu'à l'extrémité des cheveux.

Je ne voulais pas rentrer chez moi. Je ne voulais pas retrouver maman. Je voulais vivre auprès de lui, chasser, tuer à ses côtés. Je voulais m'endurcir et lui ressembler.

Je voulais qu'il m'apprenne à devenir un loup.

***

Derrière la maison bénite, le monstre me dit :

«Je m'appelle Boris.

À quoi je répondis, touché :

— Bonjour, Boris.

— Et toi, quel est ton prénom ?, me demanda-t-il.

— Vlad. Je m'appelle Vlad.

Il sourit, puis me dit à l'oreille :

— Je te rendrai visite la nuit prochaine. »

Il fila dans le bois des Morts-Vivants.

Ce jour particulier, rien ne put m'atteindre. La langueur de ma mère, la tristesse des lieux, le souvenir de mon faucon, le gris du ciel… tout me devenait indifférent ! Tout, sauf Boris, dont je sentais le souffle autour de mon cou, grâce à la chaleur du pull. En vérité, la laine collait, douce et visqueuse à la fois. La crasse, la sueur et le sang s'y étaient mêlés, signes inaltérés de la présence du monstre. Un peu de sa force, espérais-je, glissait ainsi de lui à moi, givrant mon cœur et me donnant le courage…

Le courage de quoi ?

Je n'osais, malgré le pull ensanglanté, songer à un certain crime, dont l'appel m'oppressait.

Je n'osais dire à voix haute l'horreur de mes pensées, l'horreur absolue d'une pensée précise.

Mais je pressentais, moitié ardent, moitié désespéré, que Boris libérerait cette pensée, la rendrait vive et bientôt sans pitié.

***

Je retrouvai le mot que j'avais laissé, la veille, dans l'entrée de la maison. Maman ne l'avait pas déplié. Tant mieux. Tant pis.

Ma mort l'aurait sans doute soulagée.

Délivrée du poids, même infime, de mon existence, elle aurait pu sombrer, tout entière, dans la léthargie.

Aurait-elle seulement noté mon absence ?

J'ai déchiré le mot, puis l'ai jeté à la poubelle.

***

Plus tard, ma mère a scruté mon visage. C'était l'après-midi, juste avant l'une de ses multiples siestes. Elle bâillait.

J'ai bien vu qu'elle perdait pied, qu'elle cherchait qui était ce gosse, assis dans le salon, près de la cheminée.

Je n'ai pas détourné le regard.

Je l'ai scrutée à mon tour, l'air aussi froid que possible. Ses yeux se sont arrêtés sur mon écharpe, sale et couleur de sang. Elle a frémi.

Par automatisme, elle a dit : « Je vais me reposer, Souriceau ». Puis, elle a rejoint sa chambre.

Elle venait de m'identifier.

Moi, je ne me reconnaissais plus.

***

J'ai bâillé. La fatigue était telle, mon corps pesait si lourd qu'il me fallut presque ramper vers ma chambre. Il faisait jour, alors. Des flocons de neige s'écrasaient contre la paroi des fenêtres. Mes oreilles bourdonnaient. Mon visage était comme encerclé de coton. Ma peau s'attendrissait, parcourue de fourmillements ténus. Le monde semblait s'éteindre autour de moi.

Je me suis couché sur mon lit.

J'ai sombré dans le sommeil.

***

Vers le milieu de la nuit, le monstre m'a réveillé. D'abord, je vis ses pupilles derrière la vitre enneigée. La lune, pleine, surplombait un ciel bas. Je crus que Boris était devenu loup. Je lui ouvris la fenêtre. Il sauta dans la chambre sous sa forme humaine.

« Tu n'as pas fermé les volets, dit-il.

— J'ai oublié. Pardon.

Il ébouriffa mes cheveux comme faisait mon père.

— À ta guise, petit !

Je me frottai les yeux pour clarifier mes idées.

— Tu dors encore, Vlad ?

— Un peu. »

L'homme-loup s'accroupit, apposa ses lèvres sur mon oreille droite, imita le bruit du vent dans les bois. J'imaginai de grands chênes autour de moi. Le vertige me prit.

Soudain, Boris grogna. Je sursautai, comme sous l'effet d'une morsure.

L'homme se releva. Rien en moi ne dormait plus. Du sang (quelques gouttes à peine) s'écoulait de mon oreille. Selon toute vraisemblance, il m'avait mordu.

« En forme ? demanda-t-il.

J'opinai du chef.

— À la bonne heure, Vlad ! »

***

Je l'ai mené dans la chambre de ma mère. Elle dormait à poings fermés, recroquevillée sous sa montagne de couvertures. Un peu de sueur mouillait la racine de ses cheveux.

Ses paupières frétillèrent, puis redevinrent inertes.

Couchée sur le côté, elle nous offrait son plus beau profil.

L'ovale du front, l'arête du nez, les lignes de la bouche et du menton semblaient parfaits. J'en ressentis de la fierté, guettant du coin de l'œil la réaction de Boris. Il ne dit rien mais se pencha vers maman, l'air obscur.

Allait-il la mordre, ou même, lui croquer la bouche, lui arracher les joues ?

Mon pouls battait la chamade. J'étais hypnotisé.

Boris finit par reculer d'un pas.

« Sortons », murmura-t-il.

***

Boris prit du fil de fer dans une de ses poches. Il l'introduisit dans la serrure de la chambre de ma mère, manipula le fil un instant, ferma la porte à clé.

« Bien », dit-il.

Nous nous rendîmes dans la cuisine où il inspecta le garde-manger, glissant plusieurs victuailles dans un filet crasseux.

À sa demande, je fis bouillir de l'eau.

Nous nous sommes assis dans le salon, par terre, buvant en silence une infusion de verveine.

Puis, nous avons parlé.

Nos voix ressemblaient à des volutes de fumée, légères, enrouées cependant, comme gorgées de cendre.

Durant tout l'entretien, j'eus l'impression d'être privé de corps.

***

« Alors, Vlad ? me dit-il.

— Oh, rien d'important, monsieur !

— Comment ça, monsieur ? Tu m'appelles à nouveau monsieur ?

— Je… je voulais dire Boris.

— À la bonne heure, Vlad !

Son sourire avait une ombre de chagrin qui fendait le cœur.

— Es-tu heureux de me voir ? demanda-t-il.

— Oui, je crois.

— Pardon ?

— Je suis heureux, même si…

— Même si ? »

Devais-je exprimer ce qui, depuis deux minutes, gâtait ma joie d'être à ses côtés ? Me fallait-il dépeindre une intuition fugace et inintelligible ?

Comment décrire l'écho d'une souffrance inconnue ?

Le regard de l'homme devint soudain noir. Je devais lui parler !

« Bah… murmurai-je… Tout au fond de moi, je ressens… Comment vous dire, Boris ?… Je suis serein, pourtant… Oui, très serein… Vous savez, je dormais quand vous avez frappé à la fenêtre ! Je ne rêvais pas, c'était un sommeil à peu près vide…

— Et ?

— Le vide, parfois, c'est reposant. Non ?

— À qui le dis-tu, Vlad ! Continue.

— Je ne rêvais pas, mais je pensais à vous. Sans le savoir… Bizarre !

— En effet.

— Maintenant, là, oui, je suis heureux… N'empêche, sous la peau, je ressens une chose terrible, qui s'infecte et brûle !

— Ah !

— Comme un coup de pique-feu.

Il m'observa, perplexe.

— Un tisonnier, si vous préférez… Ça fait mal, et… Je ne voudrais pas qu'elle enfle, cette douleur !

Mon aveu sembla toucher l'homme-loup. Ses yeux me scrutèrent avec la gourmandise d'une hyène. Les épaules voûtées, le corps las, il respirait fort.

— Le pique-feu, Vlad, où te brûle-t-il ?

— Je ne sais pas… Derrière les yeux, je crois… Autour de la gorge ?… Dans le cerveau ?… Je ne sais pas.

Boris approcha son visage du mien.

— Je t'effraie ? marmonna-t-il.

— Non.

— Parce qu'il te suffit d'un mot, et je m'en vais. Pour toujours.

Je gardai le silence.

— Un mot tout simple, et je m'évanouis dans la nature…

L'homme sourit aux anges.

— Avant de partir, poursuivit-il, j'égorgerai ta mère, la saignerai comme une anguille, et la scalperai.

La gorge me brûla, mais je parvins à parler.

— Non, restez ! dis-je alors.

— C'est toi qui vois, petit !

Sans raison particulière, le fou rire nous prit. Ce fut une vague soudaine, aussi forte que brève.

— Chut ! ordonna bientôt Boris, désignant de l'index la chambre de maman.

Je me tus.

— Vlad, me dit-il, tout est simple ici-bas ! Nul besoin de réfléchir, d'étudier sans répit chacune de tes pensées. D'accord ?

— Hum…

— Je t'aiderai, petit ! Je t'apprendrai le monde, et tu apprendras vite… L'hiver prochain, tu voleras de tes propres ailes.

— Que m'apprendrez-vous ?

Je crus un instant qu'il allait me frapper, mais il se contenta de pétrir ses tempes. Et me répondit, la voix sourde, comme si je n'existais pas, comme s'il monologuait.

— À vivre la nuit, dit-il. À ramper comme un serpent, traquer les bêtes sauvages ! À tromper le vent, n'obéir qu'à toi-même, et tuer sans crainte… À dévorer l'âme de tes victimes… entre autres !

Mon corps, dont je m'étais senti privé, fut à nouveau mien. Le pique-feu cessa de brûler. J'en eus le souffle coupé.

— Bon, murmurai-je… D'accord, Boris ! »

L'homme-loup posa la paume de la main droite sur mon front. J'eus l'impression de croupir au fond d'un caveau, les membres ankylosés. La main de Boris pesait si lourd, était si glacée, m'oppressait tant que je voulus crier. Mais rien ne s'échappa de mes lèvres. Je me demandai si j'étais mort, si, par extraordinaire, la réalité de mon trépas m'avait échappé.

« Brave petit ! dit Boris en retirant sa main de mon front.

Je faillis pleurer.

— Dorénavant, nous sommes liés l'un à l'autre. Je t'ai adopté, Vlad, et tu m'as adopté.

La paume de sa main droite saignait. Boris me vit l'examiner.

— Trop de recueillement », dit-il en guise d'explication.

Puis, l'homme-loup prit son filet de victuailles, alla devant la chambre de maman, rouvrit la serrure au moyen du fil de fer, lécha sa paume ensanglantée, me sourit.

Dans ma chambre, il enjamba la fenêtre, et s'éclipsa dans la nature.

***

Je courus nettoyer les traces de son passage dans la maison, puis j'éprouvai le besoin de me laver le visage.

Face au miroir de la salle de bains, je découvris, sur mon front, de minuscules écorchures, émaillées de sang.

Boris avait léché mon sang, non le sien, sur la paume de sa main !

Devais-je m'en réjouir ou m'en alarmer ?

***

Le lendemain, maman, fantomatique, erra de pièce en pièce. Il me semblait, malgré son indifférence, qu'elle essayait de m'atteindre. Elle ne cessait de se cogner contre les meubles, elle poussait de tout petits cris.

Morte, serait-elle plus heureuse ?
Haïssait-elle la vie ?

Désirait-elle qu'une personne, un animal, un monstre l'assassine ?

Manquait-elle de courage pour passer elle-même à l'acte ?

Me supplierait-elle un jour de la tuer ?

Son regard, à moitié vide, exprimait de la tendresse, et, peut-être, le désir fou de me sauver…

Je m'interrogeais…

M'aiderait-elle, ma mère, à ne pas sombrer dans le précipice où je me sentais plonger ? Du reste, le pouvait-elle ? M'aimerait-elle assez pour briser les liens qui l'emprisonnaient, pour enfin s'extirper de sa propre nuit ?

Si cela était, serais-je encore un être humain ? L'aimerais-je à mon tour assez pour lui tendre la main ?

***

Laisserais-je l'homme-loup tuer ma mère ?

Je pris l'habitude, nuit après nuit, de rencontrer Boris. À l'aide de son fil de fer, il enfermait ma mère, et nous devisions dans le salon.

Je l'admirais sans savoir pourquoi. Ses certitudes me rassuraient. Malgré sa taille de géant, malgré son air de loup, Boris parlait avec mesure. Il ne haussait jamais le ton, gardait son calme en toute circonstance, et posait une main sur mon épaule. Seules ses pupilles témoignaient, parfois, de son émotion. Elles se dilataient, puis se rétractaient dans la seconde, comme si elles s'accommodaient à une lumière inconstante.

Boris, à propos de son passé, restait silencieux. Mais il me disait comment garrotter une martre, étouffer un chat, plumer un gerfaut, dépecer un lièvre, fouiller les entrailles d'un chien. Ses paroles m'apaisaient, non par l'horreur décrite, mais par la distance qu'elles instauraient entre la vie et moi.

J'aimais l'idée de devenir un monstre. J'avais l'impression, face à Boris, de tourner les pages d'un livre, de pénétrer dans une caverne où régnait l'idée de la mort. J'étais entouré de cris, d'images violentes, de flots de sang, mais au travers d'un prisme : la voix lisse et grave de l'homme-loup.

Ses crimes, à vrai dire, n'étaient plus des crimes. En mon esprit, de tels meurtres se paraient des couleurs, ardentes, naïves, du tableau que mon père avait brisé sur moi. Quand Boris parlait, je revoyais Charles le Téméraire, couché sur son lit d'orties.

***

Nous sommes allés dans les champs, par une nuit presque douce. Virtuose, l'homme-loup se saisit d'un lapin, d'un mulot, d'un merle.

Il appuya fort, avec le pouce, en haut de la nuque des bêtes, de sorte qu'elles sombrèrent dans la torpeur. Je perçus la respiration, de plus en plus faible, du mulot. C'était comme si je touchais du doigt mon propre cœur.

Voulais-je hurler, prendre la fuite, ou rire avec le vent ?

Je me suis efforcé de ne rien montrer de mes sentiments. Je devais être à la hauteur des espoirs de l'homme.

Il égorgea, d'un coup de dents, le mulot, le merle, et me somma d'étrangler le lapin.

Mon pouls s'emballa. Je faillis supplier le monstre de m'étrangler, moi plutôt que l'animal, me préservant ainsi du mal et de l'iniquité.

Je n'en eus pas la force.

Boris guida mes mains le long du pelage du lapin, soyeux comme le duvet d'une oie.

Je l'étranglai.

Boris confondit les spasmes qui me parcoururent avec des tremblements de joie.

***

Plus tard, devant la maison, je me suis jeté à l'eau.

« Tu sais, Boris, ai-je avoué, j'ai tué mon père.

— C'est drôle, moi aussi, me dit-il. Dors bien, Vlad… »

Alors, en cet instant précis, je sus que le monstre m'aimait.

***

« J'ai tué mon père. »

Je dormis par intermittence. Je ne savais s'il me fallait regretter mon aveu. Je me demandais si je n'avais pas commis, là, une faute irréparable. Et puis, je ne pouvais m'empêcher de songer au lapin. Je croyais entendre, de nouveau, le gémissement de la pauvre bête à l'instant d'expirer. Comme une bulle de savon, ploc, percée par une aiguille.

Le remords, en moi, le disputait à la fierté de n'avoir pas flanché. Non seulement je venais de commettre un meurtre, mais j'en avais confessé un autre, bien plus grave.

Je tâchai, dans ma chambre, étendu sur mon lit, de faire pencher la balance du côté de l'orgueil. J'avais exaucé les souhaits de Boris. J'étais devenu, cette nuit, un louveteau ! Sans doute avais-je éprouvé du plaisir… Boris le savait mieux que moi, lui dont l'expérience en la matière forçait le respect.

Tous les deux, nous étions des parricides.

Aussi, pourquoi le meurtre du lapin me troublait-il autant ? Pourquoi frissonnais-je dans mon lit comme une feuille morte ? Pourquoi cet acte me remplissait-il de honte ?

Peut-être, me dis-je, parce qu'il s'agissait là d'un crime accompli en toute conscience, en toute amitié, sans la moindre nécessité. Donc, j'étais coupable d'assassinat.

Le meurtre de papa, lui, devenait flou. Néanmoins, je savais que la peur, l'alcool, et l'irruption de la démence l'avaient en quelque sorte encouragé. Il n'y avait pas eu préméditation de ma part. Non. Juste une flambée de violence, avec pour issue la mort. Une mort soudaine, irrémédiable.

Depuis, je m'étais endurci volontairement. J'avais choisi d'ignorer le monde et de ne plus vivre que pour ma mère.

Malgré mes dénégations bruyantes, la perspective de notre exil ici, dans cet océan de froidure, m'avait comblé de joie.

Je n'avais pas prévu le glissement de maman vers le sommeil, et la brûlure de son désamour…

À vrai dire, j'étais en plein désarroi. Ma tête, ivre de pensées contraires, menaçait d'imploser.

Que faire, à présent ? Comment continuer à vivre ?

Pourquoi ne pas sombrer dans la joie de tout détruire autour de moi ? Pourquoi ce soupçon de mépris envers Boris ? Pourquoi cette infinie douleur face à un lapin mort ?

« Tout est simple ici-bas, m'avait dit l'homme-loup. Nul besoin de réfléchir, d'étudier sans répit chacune de tes pensées. »

Boris avait raison : j'étais un monstre, et rien d'autre ne comptait !

***

La nuit suivante, il me décrivit la mort de son père, qu'il avait poignardé en plein cœur, puis découpé en dix-huit morceaux de même poids, labeur alliant technique et précision d'orfèvre.

Je ne pus, hélas, lui conter par le menu le meurtre de papa, exécuté dans un état proche de la folie. Je ne pus, de même, lui dire comment je m'étais débarrassé de son corps, moi si jeune et si menu.

« Je ne me souviens pas des détails, lui avouai-je, mais seulement de l'avoir tué.

Ou peut-être ne voulais-je pas savoir, de peur de m'effondrer…

— Bah, me dit-il, je me souviens à peine de ma première fois ! »

Je sus qu'il mentait pour me protéger, par affection pour moi. J'en eus les larmes aux yeux.

***

La pointe de mépris, le dédain que j'avais ressentis, fugitivement, pour l'homme-loup, s'estompèrent. La légende ensanglantée des morts qu'il avait semées lui rendit son prestige à mes yeux. La recension quasi mathématique de ses victimes m'hypnotisait. Je me trouvais à nouveau face à un livre, non dans la vie réelle.

Boris eut la délicatesse de ne plus évoquer mon crime personnel, dont le souvenir me troublait. De même, il s'abstint de mentionner la mort de son propre père. Et parut accorder moins d'importance à ma mère, qu'il oublia parfois d'enfermer, la nuit, dans sa chambre.

À l'extérieur, il m'apprit à voir avec les oreilles, le nez, l'épiderme, de sorte que mes yeux, par un effet trompeur, croyaient distinguer ce que mon corps, en vérité, pressentait.

Bientôt, je pus me faufiler sans faire plus de bruit qu'une plume ballottée par le vent. Je sus me lover dans la nuit tel un loup, tel un esprit malin. J'appris à siffler de manière stridente, créant ainsi l'effroi chez les animaux, chez les humains susceptibles de me vouloir du mal. Je sus comment feindre l'invisibilité, comment, par mille astuces copiées sur les bêtes sauvages, me préparer à chasser. Me préparer à tuer.

Un beau jour, maman sortit de sa torpeur, et me dit :

« Parle-moi, Souriceau, je t'en prie !

Je gardai le silence.

— Tu me fuis, ces derniers temps.

— C'est toi, maman, qui ne me parles plus.

— Peut-être, oui, mais ta présence vacille, Adrien.

— Menteuse !

— À vrai dire, j'ai l'impression que tu t'évapores, depuis…

— Depuis ?

— … que ton père a disparu. »

Je lui frappai le ventre, et me précipitai dehors.

***

Énervé, je frappai le sol du pied. La glace était si dure, le long des champs, qu'elle ne se fendit pas. Cela décupla ma rage, et je sautai bientôt comme un kangourou, tâchant de peser un quintal à chaque rebond.

Je finis par tomber. D'autant plus humilié que la sorcière, issue du néant, se mit à rire, sadique, au-dessus de moi.

Je me relevai.

« Ça faisait longtemps, Bibelot ! me lança la femme.

Boudeur, je m'abstins de répondre.

— Quel beau caprice, dit-elle, digne d'un nourrisson !

— Et alors ?

— Rien, Bibelot. Je me borne à constater.

— Laissez-moi tranquille !

Elle ne bougea pas d'un pouce.

— Partez, je vous déteste ! criai-je.

La sorcière ouvrit la paume de sa main droite, souleva dans les airs son bras droit, le courba légèrement, puis l'abattit sur moi telle une tornade. La gifle me projeta sur le sol.

— Pour te remettre les idées en place ! » me dit la mère Clisson, toutefois soucieuse.

Je n'eus pas mal. Une sorte de chaleur embrasait le bas de mon visage. Mes dents semblaient électrifiées, parcourues par une onde à la fois tiède et glaciale. Je me sentais calme, libéré d'une tension nerveuse dont la vigueur, a posteriori, se révélait à moi. Je m'accroupis, la tête baissée, le regard triste, et feignis de souffrir pour embarrasser la sorcière.

« … Voyons ça ! marmonna-t-elle, à son tour accroupie.

Elle me palpa le menton, vérifia l'état de ma mâchoire, vit que j'avais toutes mes dents, que je ne saignais pas, que mon intégrité physique était inaltérée.

Puis, la vieille s'assit auprès de moi.

— Je te l'accorde, j'ai eu la main lourde.

Je ne dis rien.

— Pardon, mais tu l'avais cherché.

— Non !

— Si, fiston. M'est avis que tu voulais une rouste depuis longtemps déjà…

— Vous n'êtes pas ma mère.

— Ta mère, qu'est-elle, à présent ? De la gélatine, de l'eau fangeuse !... Elle perd l'esprit, ses yeux ne voient plus, son cœur est tout mité ! Moi, Bibelot, je suis lucide et j'observe tout... Je sais qui tu cherches à aimer !

— Vraiment ! J'aime qui ? lui dis-je avec défi.

— Ne me prends pas pour une idiote ! À jouer avec le feu, tu crèveras comme un chien !

J'ai scruté la sorcière, avant de lui lancer, plein de morgue :

— Il vous tuera, madame. Si vous m'embêtez, je lui demanderai de venir vous tuer !

— Qui ça ?

— L'homme-loup. »

La mère Clisson frémit, balbutia une prière, puis courut vers sa masure.

Seul, assis sur la glace, je souris alors. Et me demandai si Boris, en vue de me complaire, accepterait de tuer mes ennemis.

***

Quand je revins à la maison, maman m'attendait. Un rien d'exaltation désavouait sa langueur. Elle s'agenouilla près de moi, la joue serrée contre ma main.

J'en eus le souffle coupé.

« Seigneur tout-puissant, murmura-t-elle, donne-moi la parole une dernière fois ! Qu'Adrien m'entende avant que je devienne muette… Je suis à bout de souffle… à bout de souffle !

Je haussai les épaules, prêt à m'en aller. Maman sentit mon déplaisir, et me dit :

— Reste, Souriceau !

J'obéis.

— Les méchants, poursuivit-elle, auront la honte et l'ignominie en partage. Aussi, mon fils, étreins la sagesse au lieu de me singer ! La malignité perd ses disciples, et les conduit au sort des impies !

— Maman, je t'en prie ! lui dis-je.

— Rassure-toi, j'arrive au terme de mon discours ! Je ne suis pas folle, même si j'en ai tous les stigmates !

Elle respira fort, et cria soudain :

— Je t'implore, enfant, de ne plus me ressembler ! Cela te coûte si cher d'être né de moi, c'est une telle souffrance pour toi !

— Maman !

— Non, laisse-moi parler ! Je suis ta mère et j'ai le droit d'exprimer ce qui me taraude. Et toi, le devoir de m'écouter !

— Je ne comprends rien à ce que tu dis ! Tu parles comme un livre !

— Et alors ? Je parle comme la Bible que ton père lisait le soir et qu'à présent je dévore ! Où est le mal ?

Elle se tut dix secondes, puis reprit, la voix faible, à bout de force :

— Je continue, donc… et m'en vais t'ordonner de ne plus me frapper, de me respecter, de te comporter avec moi selon les désirs de ton papa…

— … C'est-à-dire ?

— Il a la parole douce, ton père. Sois comme lui. »

Je retirai la main de sa joue.

Maman me révulsait. Tout d'elle, ses supplications, l'énigme de sa logorrhée, me donnaient la nausée. Je ne savais plus que faire. J'aurais voulu fuir, et, pourtant, mes pieds restaient collés sur le sol.

Elle ouvrit la paume de sa main droite, souleva dans les airs son bras droit, le courba légèrement, puis l'abaissa vers moi. Elle me caressa le front.

« Je t'aime, bredouilla-t-elle, et je te pardonne. »

Son regard, alors, partit dans le vague. Elle était redevenue fantôme.

***

Que me pardonnait-elle ? Mes coups de poing dans son ventre ? La mort de mon père ? Avait-elle deviné que je l'avais tué ?

Ma tête menaçait d'imploser. Le monde était comme une falaise au-dessus de l'océan, qui ne s'effritait plus mais se brisait en vastes blocs, source infinie de bouillonnements.

J'aurais dû me jeter dans les bras de maman. J'aurais dû la bénir pour m'avoir pardonné.

Elle m'aimait, ce n'était pas rien.

Néanmoins, je répétais en boucle :

« Je veux qu'elle meure. Je veux qu'elle meure. Je veux qu'elle meure. Je veux qu'elle meure. Je veux qu'elle meure. Je veux qu'elle meure. Je veux qu'elle meure. Je veux qu'elle meure… »

***

Pour tenter de me calmer, je me rendis à Saint-Sornin, devant la statue du poilu. L'homme ne m'évoquait plus mon père. Je fis comme si. Des passants m'adressèrent la parole, me souhaitèrent le bonjour, me demandèrent comment se portait ma mère. Je ne répondis pas. Leurs bouches tordues, leurs voix de crécelle vivaient dans un autre monde que le mien.

En silence, je priai papa de m'adresser un signe susceptible de m'aider. Peu m'importait le signe dès lors qu'il était lisible, et que, du haut de mes neuf ans, je parvenais à le déchiffrer.

Une averse de neige tomba sur l'église et sur la statue. Je crus sentir, derrière mon dos, le souffle d'une bête. Je savais, en mon for intérieur, qu'il s'agissait là du loup de Saint-Sornin, de la forme ombrageuse de Boris, mon sauveur.

La neige dessinait des larmes sur le visage du poilu. Mon père pleurait. Ses yeux me scrutaient avec désespoir. Ils essayaient de me dire une chose, et cette chose me brûlait car elle m'échappait, car elle refusait de s'inscrire en mon esprit.

Malgré l'intensité de ma concentration, malgré mon désir de lire en mon père, sa pensée m'échappa.

Cependant, j'acquis la certitude qu'il m'aimait encore.

J'en eus le cœur brisé.

***

Je revins en colère. Contre moi, contre ma mère, contre la sorcière. Contre l'univers entier. Je revins avec l'envie de commettre un holocauste. Je ne comprenais rien des mécanismes de l'amour, mais j'étais bouleversé par la tendresse de mon père, le miracle de ses larmes.

Et je vis, sous le soleil couchant, que mon père et Boris ne faisaient plus qu'un. Je compris qu'il me fallait aimer l'un pour aimer l'autre, obéir à l'un pour honorer l'autre, et que le désir de l'un, celui du mort, passait par la volonté, même inhumaine, de son double.

***

Dans ma chambre, avant de m'endormir, je songeai aux phrases que mon père avait copiées sur une feuille. Leur sens continuait de m'échapper tout en me troublant.

« Mon Dieu, voici mon cœur devant vous : voici mon cœur dont il vous a plu avoir pitié lorsqu'il était dans le profond de l'abîme. Qu'il vous dise maintenant ce qu'il recherchait dans cette action, ce qui le portait à se rendre coupable gratuitement et sans avoir aucun sujet de malice que sa malice même. Car j'ai aimé cette malice toute honteuse qu'elle était ; j'ai aimé à me perdre ; j'ai aimé mon péché, je ne dis pas seulement ce que je désirais 'avoir par le péché, mais le péché en soi et dans sa difformité naturelle. »

Cette nuit, je ne pus dormir.
Cette nuit, Boris ne vint pas me voir.

La nuit suivante, il me rendit visite. J'étais si las que mes paupières tremblaient. J'avais l'esprit en lambeaux. Mes pensées, bancales, oscillaient entre la rage et une forme d'apitoiement qui m'écœurait.

L'homme-loup sentit que je n'allais pas bien.

« Que se passe-t-il, Vlad ?

— Oh, rien...

— Ne mens pas, dit-il avec dureté. Je veux savoir !

Face à mon silence, il mit une main sur mon cou, là où la pomme d'Adam vient un jour aux garçons. Il serra fort, et je crus mourir. Voyant que je suffoquais, il retira la main, puis m'ébouriffa les cheveux.

— Parle, petit !

Je faillis le supplier de tuer ma mère.

— Je n'en peux plus. Je voudrais qu'il meure ! dis-je alors, mû par une impulsion subite.

— Qui ça ? Qui doit mourir ?

— L'Alphonse. Le mari de l'épicière.

— Bien », fit l'homme-loup.

***

Je ne valais pas un clou.
Je méritais la guillotine.

***

Monstre.

Animal fantastique et terrible des légendes mythologiques.

Animal réel, gigantesque ou effrayant.

Organisme de conformation inhabituelle (par excès, défaut ou position anormale des parties).

Personne d'une laideur effrayante.

Personne effrayante par son caractère, son comportement.

***

Lâche et tenaillé par la culpabilité, j'étais plus monstrueux que Boris !

L'horreur, chez lui, semblait aussi pure qu'un diamant. Le sang d'autrui le comblait, de même son état de prédateur. Il dormait le jour, tuait la nuit, suivait avec ténacité son instinct. Rien n'affectait sa quiétude.

Mais aussi, Boris était un adulte.

Moi, j'avais neuf ans, bientôt dix.

Malgré la vivacité de mon intelligence, malgré ma tendance à tout analyser, je restais immature. Ivre de chimères, je persistais à me voir en preux chevalier ! J'avais beau désirer l'horreur et haïr la lumière, une partie de moi s'ingéniait à ignorer la nuit, pourtant si prégnante. Criminel et complice de crimes, sans cœur, élu par un loup blanc, je rêvais d'une partie de chat perché, de cache-cache ou de balle au prisonnier. Je crevais de ne plus jouer avec Étienne, Emmanuel, Philippe, mes amis d'enfance.

J'avais la nostalgie de Raymond Poulidor.

Un soir, la neige devint plus légère, le froid moins vif. La glace commença à fondre et libéra les arbres d'un poids pesant. Les branches des chênes, recourbées vers la terre, laissèrent l'eau s'écouler, tandis qu'avec lenteur elles se redressaient. Le soleil perçait les nuages, raturait les champs de stries mauves. La nature perdait un peu de sa beauté lugubre.

C'était comme si je sortais d'un mauvais rêve, et m'échappais, sans le vouloir, d'une geôle ensorcelée. J'étais si las que j'en devins bête, et me crus sauvé d'un péril imminent, presque irréel.

Les jambes flageolantes, les joues secouées de spasmes, je m'écroulai sur mon lit.

Calme, exempt de toute angoisse, je flottais sur une mare boueuse, tel un morceau de bois. J'avais la sensation de fourmillements le long de mes orteils.

Le temps s'étira...

***

« Viens, Vlad ! »

Assis sur le lit, l'homme-loup m'ordonna de le suivre. Il me tendit mon anorak, glissa mes pieds dans mes bottes fourrées, me prit par la main.

Dehors, il faisait encore jour. Les arbres semblaient ramper. Les champs nus frémissaient comme en été.

Une pluie fine acheva de m'éveiller. Je faillis dire à Boris de ne plus m'appeler Vlad. Je faillis l'implorer de me laisser, d'oublier mon existence. Il resserra l'emprise de sa main sur la mienne, et je lui demandai, le tutoyant pour la première fois :

« Boris, est-ce que tu es méchant ?

— Non, Vlad.

— Alors, tu es quoi ?

Il réfléchit, puis répondit :

— Mort, je pense, mais pas tout à fait.

— C'est agréable ?

— Bah, j'ai l'habitude !

— Et tuer, ça te fait quoi ?

— Plus grand-chose, à vrai dire. Mais je me sens moins mort quand je tue.

— Ah !

— Moins mort, et puis, mort à nouveau.

— C'est triste.

— Tu as du chagrin pour moi, petit ?

— Oui.

— Je ne veux pas.

— D'accord. »

Il m'emmena dans le bois des Morts-Vivants.

***

Nous avons tourné en rond, marché sur la boue glacée, frôlé l'écorce des grands chênes. Boris me guidait à travers le bois comme un aveugle aurait pu le faire. Il semblait absent, la tête pleine de calculs secrets.

Nous sommes passés devant l'arbre où j'avais tenté de me pendre. La nuit tomba.

L'homme-loup renifla fort… ou pleura ? Je ne voyais plus son visage et ne savais comment traduire ses bruits. Pour l'aider un peu, j'ai remué, dans le creux de ses doigts, mes propres doigts. Ce fut un geste infime, entre caresse et chatouillis, mais j'y mis tout mon cœur.

Le monstre éternua.

« Satané rhume ! » dit-il.

***

Sans raison particulière, il se mit à marcher plus vite. Ses enjambées, gigantesques, m'obligèrent à courir et à m'essouffler. Il serra si fort ma main que je dus mordre mes lèvres pour ne pas crier. Nous ne cessions de tourner dans le bois des Morts-Vivants. Nous tracions d'invisibles cercles sur la terre. La peur (ou la perplexité) me rendait muet.

Trois fois, j'ai failli me cogner contre un arbre, peinant à suivre le rythme de la course. La quatrième fois, j'ai foncé, tête en avant, sur un tronc massif.

« Non ! » s'écria Boris.

***

Quand j'ai repris conscience, l'homme, penché sur moi, lapait le sang qui s'écoulait de mon front. Je ne voulais pas me lever. Je ne voulais plus courir à travers bois.

M'arracherait-il le visage après avoir bu mon sang ? Briserait-il à jamais le lien qui nous unissait ?

En aurait-il la force ou bien le désir ?

D'une voix tendre et grave, il me dit alors :

« Vlad, ça va ?

J'ouvris les yeux. L'homme cessa de lécher mon front.

— J'ai eu peur, avoua-t-il… On repart ?

— Je suis un peu sonné, Boris.

— On repart ! » ordonna-t-il.

***

Après deux heures de marche, nous nous sommes assis contre un chêne.

L'homme-loup soupira, mit un bras sur mes épaules, et me dit :

« On est bien, non ?

J'avais mal au front. Mes jambes tremblaient. Le froid m'oppressait.

— Oui, Boris, on est bien, mentis-je.

— Mon fils… », murmura-t-il.

Soudain, ma poitrine, mes joues, ma nuque, mes lèvres, jusqu'au rebord des yeux, soudain tout me brûla. J'eus l'impression qu'une étoile filante avait fendu le ciel pour mourir en moi. J'étais comme incandescent.

« J'ai envie de chasser, dit l'homme-loup.

— Moi aussi, dis-je pour lui faire plaisir.

Le silence à nouveau régna. Puis, je parlai.

— Boris, demandai-je, tu as tué l'Alphonse ?

— Non, pas encore.

— Ah ! Pourquoi ?

— Il était saoul. Il n'aurait pas compris ce qui lui arrivait.

— Ah !

— La mort, il faut la sentir venir, les yeux grands ouverts. À quoi bon sinon ?

— Mon papa buvait, tu sais.

— Mais je vais le tuer. Ne t'en fais pas.

— Mon papa buvait !

— Silence, Vlad ! Allons massacrer l'Alphonse !

— Je ne veux plus… S'il te plaît ? »

***

Boris, à nouveau, fila, me tenant la main. Je tâchai de le suivre. Il enrageait.

D'abord, nous avons quitté le bois des Morts-Vivants, nous dirigeant vers Saint-Sornin. Puis, sans prévenir, l'homme-loup rebroussa chemin. Sa poigne était aussi forte qu'une tenaille. Je sentis craquer les phalanges de mon petit doigt. La pluie pénétrait mon anorak, je grelottais de froid.

« Tu as gagné ! me dit soudain Boris. Je ne tuerai pas l'Alphonse.

— Ah ! Merci, murmurai-je.

— Viens, Vlad, on va chez toi !

— Mais… »

***

Devant la maison bénite, l'homme-loup me dit :

« Ne parle plus de ton père… Jamais, tu m'entends. Jamais devant moi !

— Oui, Boris…, fis-je, épuisé.

— Allons réveiller ta mère.

— Pardon ?

— Ta mère, Vlad. Il est temps pour elle de te laisser. »

L'homme fracassa, d'un coup de pied, la porte de la maison.

***

Dans l'entrée, Boris lâcha ma main. Le souffle court, je m'accroupis. Mon petit doigt m'élançait. Bleuâtre, inerte, il évoquait une queue de souris.

Ça fit rire l'homme-loup.

« Va, ce n'est qu'un doigt ! » lança-t-il.

Je voulus sa mort.

***

Boris courut dans la cuisine. Il dévora cru le quart d'un poulet, but un flacon d'huile de noisette, écrasa des morceaux de sucre dans du vinaigre, et versa le tout sur une purée froide mêlée d'œufs et de coquilles. Il sembla se régaler, puis ouvrit les tiroirs du buffet.

« Bien ! dit-il en brandissant un couteau de cuisine.

J'eus l'impression de me liquéfier.

— Ne joue pas les petites natures, Vlad ! »

Étais-je dans un rêve ? Dans un cauchemar ? Étais-je bien au cœur d'un lieu bénit, bâti pour éloigner les loups ?

***

L'homme-loup me tendit le couteau.

« Exerce-toi, Vlad.

Je pris l'objet.

— Vas-y, poursuivit-il, donne de grands coups dans la table.

Pétrifié, je faillis lâcher le couteau, qui m'entailla la paume.

— Aucune importance. Frappe ! »

Avec timidité, je plantai la lame dans le bois du meuble. Cela fut bon.

Plus assuré, je recommençai. Les yeux de l'homme brillaient.

« Frappe, Vlad, frappe encore !

J'ai frappé deux fois, trois fois, dix fois de suite et de plus en plus fort, brisant presque la table.

— Oui, Vlad ! »

L'euphorie m'envahit. J'aurais voulu fracasser la cuisine, l'entrée, le salon, le grenier, m'attaquer aux chambres, abattre les murs de cette maison froide, anéantir le monde !

À moitié fou, j'ai continué de frapper la table.

***

« Stop ! me dit soudain Boris.

Haletant, je m'arrêtai.

L'homme prit, dans sa poche, le fil de fer dont il usait pour actionner la serrure de la chambre de maman.

— Viens, murmura-t-il. Garde le couteau. »

***

Boris ouvrit la porte de la chambre. Il avança vers le grand lit. Maman ronflait un peu. Les couvertures, au-dessus d'elle, semblaient des peaux mortes de serpent.

Couchée sur le côté droit, les cheveux en bataille, elle ignorait qu'un monstre l'observait, flanqué d'un criminel en herbe. Je tenais le couteau si fort que j'en eus presque une crampe.

« Elle est belle, murmura Boris.

— Oui » répondis-je.

***

L'homme-loup, délicatement, lissa la chevelure de maman. Une pluie de pellicules blanchit ses doigts sales.

« On croirait la neige », dit-il.

Il caressa la joue de la dormeuse. Elle s'étendit sur le dos.

L'homme-loup posa la main sur ses lèvres.

Les paupières de maman frémirent.

Elle ouvrit les yeux.
Bredouilla « Guillaume ? » d'une voix pâteuse.

Et se rendormit dans l'instant.

***

L'homme-loup désigna la nuque, immense, de ma mère.

« On croirait un cygne », dit-il.

En plein sommeil, elle étira le bras gauche, à l'endroit du lit, vide, où mon père avait coutume de dormir.

J'eus mal à en pleurer.

« Non ! » fulmina le monstre.

Il me gifla.

***

Les larmes coulaient, silencieuses, comme si je n'éprouvais rien, comme si j'avais cessé de vivre. Mais elles coulaient à flots. Bientôt, je m'agenouillai.

Boris pencha son visage vers moi.

« Non ! dit-il avec violence.

Il fixa le couteau des yeux.

— Tue-la ! » m'ordonna-t-il.

Je lâchai le couteau. Me laissai tomber comme une poupée de chiffon.

Ma mère se redressa, l'air hagard.

***

Son regard était celui d'une folle. Elle me vit à terre mais ne fit rien pour moi. Ses yeux fixaient le vide. Je sentis sa peur, au sens premier du terme. Une peur âcre, aux relents de sel marin. La même odeur, en vérité, que celle qui m'avait frappé, cet horrible soir, à Lille…

Au-dessus de moi, Boris tendait le couteau.

Sans un mot, je suppliai ma mère de me sauver du mal. Elle ouvrit la bouche, prête à hurler, mais se contenta de gémir.

« Tue-la, Vlad ! murmura Boris.

Immobile, je songeai à mon père, à jamais perdu. Je songeai au crime que j'avais endossé, volontairement, par amour. Au fil des mois, je m'étais persuadé l'avoir commis…

— Tue-la, Vlad ! »

Je fis non de la tête. J'aurais voulu me cacher dans un trou de souris. L'homme semblait désorienté. Devait-il m'assassiner ? Devait-il me pardonner ?

J'étais en train de le trahir.

***

J'arrêtai de pleurer. Tout devint diaphane.

Je luttai contre le sommeil.

Le visage du loup frôlait mon visage.

Aussi, je dis à Boris :

« Tue-moi plutôt. »

Je crois, mais ne pourrais le jurer, qu'il me répondit : « Non, tu es trop jeune… »

Du reste, ses yeux, leurs pupilles désertes, son masque de bête, soudain se brouillèrent, dessinèrent une autre tête.

Le loup prit les traits de mon père.
Oui, j'en eus l'impression.
Il me sourit avec tristesse.

Maman trépignait.

J'étais exténué. Le vertige me prit. Je dus m'étendre sur le sol.

Je fis un léger somme.

Quand je revins à moi, le monstre avait disparu. J'étais allongé sur le lit de ma mère.

« Souriceau ! » dit-elle.

Je me suis levé comme on se lève d'une tombe, et lui ai demandé où se trouvait Boris.

Elle garda le silence.

Je n'ai pas haussé le ton. Je n'ai pas crié. Non. D'une voix claire, j'ai dit ce qu'il me fallait dire :

« Je suis un assassin, maman. J'ai étranglé une bête… Mais, tu sais, j'espérais devenir loup, je le voulais si fort… Je me trompais… J'ai pourtant essayé de toutes mes forces !

— Hum…, marmonna-t-elle.

— Et puis, je sais !

— Hum…

— Je n'ai pas tué mon père, même si je l'ai cru. C'est toi, maman, qui l'as poignardé.

Elle devint blême.

— Ce soir-là, vos cris m'ont réveillé. Je suis allé dans le couloir, devant le bureau de papa. J'ai regardé à travers le trou de la serrure. Je crevais de peur, j'y voyais mal… Pris de boisson, papa t'injuriait… Tu n'as pas tenté de l'apaiser, pas cette fois… Tu as pris le couteau suisse dans la poche de sa veste, et tu l'as frappé à la poitrine… Huit fois de suite, j'ai compté…

Maman sanglotait.

— Le plus étrange, lui avouai-je, c'est qu'il n'a rien dit, rien fait pour se défendre…

Elle me tendit la main.

— Pardon, maman. Je n'arrive plus à donner le change, ça fait trop mal. »

Elle tenta de me serrer contre elle.
Sans méchanceté, je l'ai repoussée.

J'ai quitté la maison bénite. J'ai couru dans les champs.

***

La neige avait fondu.

J'étais orphelin de père et de mère.

***

La sorcière m'accueillit dans sa masure. Je bus sa décoction laiteuse contre le goût du sang.

Je dormis trois jours d'affilée.

***

Durant mon sommeil, le vieux curé conduisit ma mère à Moulins. Quarante ans plus tard, je ne l'ai pas revue.

Ni l'Alphonse, du reste.

Ni Boris, jusqu'à peu.

***

Chez la vieille, je repris des forces.

***

Un matin de mars, mes grands-parents paternels vinrent me chercher. Ils m'élevèrent jusqu'à l'âge de vingt ans.

Je fus docile et poli. Le plus gentil, le plus banal des petits-enfants.

Cependant, ma mère, le vingt novembre mille neuf cent soixante-cinq, avait tué mon père.

Nul n'a eu connaissance de ce crime.

2006

Parfois, la nuit, je rêve de neige et de bêtes féroces. Parfois, je me vois enfant, les yeux crevés, la langue arrachée. Parfois, je cours dans les bois tel un chien fou. Je traque alors un loup blanc, mais je m'y prends mal. Il ne cesse de m'échapper.

Mon père, ma mère, Boris n'existent pas. Je suis né à neuf ans, par la seule volonté de mes grands-parents.

Ma fille, Claire, ma femme, Rachel, emplissent ma vie. Le reste, à mes yeux, mérite l'oubli.

Cette amnésie m'aide à vivre.

Je suis végétarien. C'est bien le moins pour qui tua, sans réfléchir, un lapin candide. Ce crime a grandi en moi. Chaque jour ou presque, le remords me hante. Comme si l'animal charriait, malgré lui, les vilenies de ma neuvième année.

L'oubli n'existe pas.

J'ai parlé à Rachel, enfin ! Je lui ai raconté l'hiver soixante-six, Boris, ma mère, le meurtre de papa, mes dérives lycanthropes.

Elle m'a pris dans ses bras, m'a bercé comme on berce un tout-petit. Puis a murmuré à mon oreille :

« Il y a tant de violence en toi, cachée sous la douceur… Je le sais depuis toujours, Adrien… Je t'aime ! »

Alors, je lui ai dit que « Chose » ou « Loup blanc », le criminel slave, ne faisait qu'un avec Boris.

Ma femme a juré que je rêvais, que je prenais plaisir à me flageller. Selon elle, l'homme-loup n'était qu'une chimère, dont l'irruption m'avait permis d'accepter la mort de mon père, et le crime de ma mère.

J'ai fait semblant de la croire.

Rachel m'a demandé si je souffrais de m'être tu, d'avoir ainsi contrarié la justice des hommes. Elle a voulu que j'évoque mon père et son alcoolisme. De ma mère, elle n'a rien dit.

Je lui ai répondu que je les plaignais, l'un comme l'autre, et qu'il me semblait, dans une autre vie, les avoir chéris. J'ai murmuré que mon pardon leur était acquis.

Ma femme veut trouver les mots justes pour parler à Claire de ses grands-parents, pour lui expliquer les raisons de leur absence.

Rachel saura, j'ai confiance en elle.

Et puis, la vie a repris son cours.

J'aime Rachel et Claire.
Tous les trois, nous nous aimons.

D'une certaine manière, mes parents n'ont pas quitté la pièce où je les ai cloîtrés. Mais il m'arrive, à présent, de me souvenir de nos fous rires, à Lille.

Oh, je ne fouille pas davantage ma mémoire ! Je refuse de m'appesantir sur l'énigme de mon passé. Je vis sur des sables mouvants, j'en ai conscience, mais j'y vis presque en équilibre.

Cependant, je revois Boris en pensée. Pourquoi m'a-t-il épargné ? Pourquoi n'a-t-il pas tué maman, la nuit de sa fuite ?

Et je songe à « Loup blanc », qui s'est pendu le mois dernier dans sa cellule.

J'ai prié pour la bête en lui.
J'ai prié pour l'homme en lui.
J'ai prié car il est doux de prier.
J'ai prié car je connais l'amour...

Ah oui, dernière chose !
Avant sa pendaison, j'écrivis une lettre, succincte, à « Loup blanc ». Je le remerciai de m'avoir sauvé la vie, jadis. J'ai fait remettre la lettre à l'un de ses avocats belges, dans l'espoir qu'il la lui donne.

Je n'espérais pas de réponse.

Or, j'ai reçu, par l'intermédiaire du Belge, ce mot de « Loup blanc », deux jours après sa mort :

« Dors bien, Vlad. »

Du même auteur

Les Yeux d'Arthur, ateliers henry dougier, 2019

Déjà parus dans la même collection

La Vieille Dame qui voulait se jeter du rez-de-chaussée, Bruno Boniface
L'Homme qui courait après son nez, Gérald Cahen
Les Trois Sœurs qui faisaient danser les exilés, Aurélia Cassigneul-Ojeda
Le Temps d'une île, Thierry Clech
Un été à quatre mains, Gaëlle Josse
Dans les yeux de Mona Lisa, Alain Le Ninèze
L'Énigme Gerstein, Alain Le Ninèze
Les Chasseurs dans la neige, Jean-Yves Laurichesse
Nique ta mère la mort, Marion Lecoq
Olya, Michel Louyot
Makoro, Florence Malmassari
L'Âge fragile, Valérie Mollière
Le Destin d'Anna Pavlovna, Alekseï Pisemski
Exil ordinaire d'un jeune Afghan, Giovanni Privitera et Safi Mohammad
Rue Blondel, Valéry Sauvage
Au café d'Éole, Dimítris Stefanákis
Aussi sacrée que le Gange, Didier Thurios

Pour en savoir plus
sur les ateliers henry dougier
(catalogues, auteurs, vidéos, actualités…)
vous pouvez consulter notre site internet
www.ateliershenrydougier.com

@ateliershenrydougier

@AteliersHD

@ateliershenrydougier